造夢者

吳岱穎絕版詩作精裝復刻

吳岱穎

文學是不願意就此妥協

吳岱穎

【推薦序】

孤獨的造夢者

◎凌性傑（作家）

之一　發現者

二〇二一年六月十九日，我在心中發射了一枚航天器，名字是「發現者一號太空探測船」。它將帶著我的記憶與思念，遠離太陽系，飛向浩瀚無垠的宇宙盡頭。也許就像旅行者一號、二號那樣，持續回傳宇宙深處的聲音。與旅行者號不一樣的是，我的發現者號不需要形體與任何介質，只要意念一啟動，發現者號就會現身，告訴我未曾知曉的祕密。

剛開始的祕密，是無常迅速，讓人震驚，畏懼，流淚，心律不穩，整夜無法入睡，久久不能接受現實世界發生的一切。接下來的祕密，是許許多多生死流轉的故事，其中的意義大概只有自己明白。

六月十九日晚間，吳岱穎老師被發現在睡夢中離世，相驗結果是清晨時分心因性休克導致心臟衰竭往生。他走得自在安詳，從此離苦得樂了。

筆錄與相驗之時，我就是那個發現者。

但我實在無法相信，一直懷疑自己身陷在幻覺裡。前一天晚上還相約吃飯喝酒的，怎麼隔天就是永遠的告別？居家防疫期間，他常常分享美食頻道，在精神世界裡浪遊、嚐遍美食。聽到好聽的歌聲，看到烹飪成為藝術，他常常渾身起雞皮疙瘩，忍不住發出讚嘆。他也太容易動情，隨著某些電影畫面落淚，譬如《樂來樂愛你》。

記得最後一次跟他說話，他說東西很好吃、酒也很好喝，吃好喝好就可以好好睡覺了。

如今，他在永久靜謐的大眠之中，想必是幸福的。關於肉體生命結束之事，沒有遭遇到他最擔心的景況，此生已經圓滿。想念他的時候，我立即啟動機關，連通發現者飛行器，告訴他此刻的心情。幾位知交彼此問訊，感慨說道：「我們又少了一個親人。」或許，我們並沒有失去這麼一個親人，而是這個親人早我們一步，抵達另一個家園。

他活得瀟灑，走得自在。這就是他想要的人生。他想要的家，意義的居所，我們已經陪他一起完成。

與岱穎交會，是在一九九五年春天教育部國文資優生保送營。我當時大一，是他的小隊輔導員。後來，他順利通過甄選，住進師大路九號男生宿舍，成為我的學弟。男生宿舍是我自己選擇、構造的另一個家，那段一起讀書寫字的日子，成全了一輩子的男性情義。在我感情事故頻仍的日子，岱穎就在宿舍裡調酒給我喝，為我算塔羅牌，用他的方式保守我的祕密，而且不對我的事情進行任何價值判斷。更多時候，我們交換手寫稿，然後彼此議論點評，羨慕對方的思維方式。

大學畢業之後，頗長一段時間不見，他人在軍中卻遭遇母喪，提筆寫信告訴我那是多麼難熬的歷程。我一直記得，吳媽媽曾經從花蓮來到大學宿舍探望岱穎，為她的孩子買了新衣服與一雙新靴子。岱穎穿上靴子，走路鏗鏗有聲，顯得特別有精神，格外帥氣。

職場生涯展開，我在島嶼四處遷徙，與岱穎暌違許久。沒想到轉任花蓮後，能與岱穎合租一層樓，又成為室友，彷彿回到男生宿舍的時光。更沒想到，之後我會成為他的同事，在相同的體制下彼此鼓舞，或是一起抱怨體制。

岱穎熱愛文學、音樂、藝術，堅持將美進行到底。當了老師之後，他總希望把最好的事物分享給學生，無法忍受糟粕取代精華，也無法忍受黃鐘毀棄瓦釜雷鳴。網路授課期間，我偶爾旁聽他講課，真正看到他的另一個形象。為了準備網路課程，他消耗不少元氣，鎮日憂心學生的學習狀態。唯一的堅持，還是對學生說真話，其中有滿滿的關愛。正因為關愛極深，有時情緒稍微飽滿，這讓我們非常珍惜，珍惜這位至情至性的同事，珍惜他給出的任何見解。

疫情下的網路課程，他跟學生談老莊思想，談生死自然。這些都是他心中最真切相信的，也是我願意信受奉行的。他最後一次上課，預告了下次要講張惠菁，要跟學生講他最愛的《給冥王星》。

星星綴滿天空，各自永恆，各自運行，各自燦爛。梵谷的星夜，流動在我的夢裡。〈Vincent〉這首歌是這麼唱的：

But I could have told you, Vincent
This world was never meant for one as beautiful as you.
（但願我能告訴你，這個世界配不上像你這樣美好的人。）

這當下，只想對岱穎說，敬愛的兄弟，願你沒有煩惱，沒有痛苦，橫越生死流轉之海，看盡彼岸花。如果還有一些些眷戀不捨，可以悄悄告訴發現者號。發現者號很樂意幫你傳遞消息。

之二　孤獨的造夢者

一九九五年春天的國文資優生保送營，每天晚餐結束後是分組時間。懷抱文學夢與升學夢的高中生四處奔赴而來，而前一個年度，我透過這個管道錄取了自己最喜愛的志願。時隔一年，換成我陪著這群高三生面對春闈裡的各種測驗。

這個營隊裡，從花蓮來的岱穎是天生的藝術家，從小受到山風海雨的滋潤，能詩能文能畫，歌聲清透嘹亮。分組時間，我們真像《一首詩的完成》裡頭傾訴的對象，從楊牧書信體散文裡汲取創作心法。

楊牧〈抱負〉的提醒與安慰，如此鐫刻在年輕的心裡：「詩是宇宙間最令人執著，最值得我們以全部的意志去投入，追求，創造的藝術。它看似無形虛幻，卻又雷霆萬鈞；它脆弱而剛強，瞬息而永恆；它似乎是沒有目的的，游離於社會價值以外，漂浮於人間徵逐之外，但它尖銳如冷鋒之劍，往往落實在耳聞目睹的悲歡當下，澄清偽偽的謊言，力斬末流的巧辯，了斷一切愚昧枝節。」這升學考試場合實在特殊，時程長達六天五夜。因為志趣相投，我們熱切地讀詩，輪流在黑板寫下自己的詩句，討論詩的形式、內容、手段、目的……就是那個時刻，我看見岱穎眼神中的光亮。

那樣的抱負、光亮，在往後的日子裡逐漸壯大，未曾有過絲毫消滅。聲樂與繪畫的鍛鍊，使岱穎的詩文有非常高的辨識度，孤絕，巍峨，睥睨同儕。那樣的語氣與文體，是只有他才能寫出來的。在教學現場，岱穎的學生曾經給他取過一個綽號「首獎」，因為他在各項競賽中時常奪冠，項目包括了詩、散文、小說、古文朗讀、命題作文。林榮三文學獎新詩首獎、時報文學獎新詩首獎、國軍文藝金像獎小說首獎、教育部文藝創作獎散文首獎，全國語文競賽作文第一名、朗讀第一名……這些桂冠背後，藏有他的苦心孤詣，藏有他的一往情深，藏有他的不願妥協。

是的，不願妥協。即便得了那麼多獎，那麼受人羨慕，他說：「文學是不願意就此妥協。」不迎合主流品味，不媚俗討好，不急著發表出版，耐心塗寫修改，反覆打磨作品宛如手藝人，這才是岱穎嚮往的文學世界。他的散文質地精緻、靈光燦爛，至今仍未出版，令我覺得可惜。

整理岱穎遺物時，意外發現一份複印的新詩手寫稿，時間是一九九七年，署名岱穎與我合寫。當年師大男生宿舍裡，我們有幾個寫詩的噴泉詩社社員，常常聚在一起模仿古人湊句子，以集體創作為樂。記憶中一夥人合寫過不少詩作，古典現代都有，我可能把稿子保存在高雄老家，幾乎忘了這件事。或許岱穎也不記得，塵封二十多年的塑膠資料夾裡有這些作品，若是重新看見了，大概也會羞赧一笑，為了少作一陣悔愧。

可以無悔無愧的，應該是《明朗》（一〇〇七）、《冬之光》（二〇一二）、《群像》（二〇一九）這三本詩集了。岱穎出詩集簡直是十年磨一劍，創作態度有如《天平之甍》書腰上的話語：「他們都不急功，一件事做一輩子」。詩裡的一切，真正是一輩子了。《明朗》收錄大學時期以至三十歲前的作品，《冬之光》大致上是三十到三十五歲之間的創作成果，這兩部作品有小部分重疊。《群像》則是逐漸步入中年的深思歷程，把人生的艱難、人生的實相一一交付給詩。事實上，岱穎的詩稿遠遠不止三本詩集的數量，沒有發表出版的部分，暫且存而不論。就他自己的揀擇標準，唯有過了自己這一關，才能夠安放在詩集裡。所以這三本詩集各成體系，每一本詩集都在回應一個巨大命題。統括來說，這三部曲系列詩作，是存在的顯影，是生活的證據，亦是心志的軌跡。

《明朗》、《冬之光》兩本夢幻逸品絕版許久，如今在《造夢者》裡復刻重現。岱穎的詩裡，寫了無數的音樂、無數的夢，《造夢者》這樣的書名，或許最能貼近岱穎的創作理念。浮生若夢，夢是生活的倒影。以詩敘夢，可能比真實還要更加真實。《造夢者》的前三輯以《冬之光》為主體，輯一「小情書」收存岱穎最甜美、最具幸福感的作品，他與山脈、河流、海洋對話，是寫給宇宙的情書，也是邊走邊唱的情歌。輯二「有病」探索愛與生的苦惱，反覆曝曬存在意識，這一系列主題後來在《群像》裡有更深刻的開展。輯三「發聲練習」型態特殊，是專為朗誦競賽而寫的詩，每一首詩都是他與朗誦者共同在時光裡留下的刻痕。輯四「明朗」則是第一部詩集的精粹，可以看見一個青年詩人最完整、最多樣的嘗試。

關於詩，關於存在，岱穎在《冬之光》序文寫道：「像是詩，持續著揭發表象背後，屬於真實的存在。所以我們又獲得了信念，相信即使暴亂無常在下一秒鐘，乘著海嘯沖進家門，但在這個當下，這個不斷分裂崩解的當下，我就是這麼活著，這麼在著。」人生一場大夢，我選擇相信，岱穎已經從這個夢進入下一個夢。他所造的夢境，所寫過的詩，會一直陪伴著我們，讓我們有力氣去追問永恆是什麼。想念一個遠行的詩人，最好的方式就是閱讀他的作品，從他的作品裡找到慰藉與啟發。

孤獨的造夢者已經涉入永恆，這本《造夢者》詩集即是永恆的見證。我祈願，岱穎所在之處有星光點點，櫻花繽紛撩亂，他能夠乘坐花筏，航向無煩憂的彼岸。

——二〇二一年七月二十一日誌於淡水

目次

第二輯／有病

第一輯

小情書

海岸步行

這時我們走著像航行，像緩慢的航行
因為沿著海岸有時內有時外，況且還有高歌
港灣裡起重機群已休息，各自沉默傾聽將逝的青春
我們於是擁有生活的安穩，在此岸與彼岸之間

時間用日常的話題聯繫我們，而我看見你
你還能說得更多，並且描述得更好嗎？
我的影子在燈下向海潮拉長，穿過你的身體
暗影中你的眼瞳熠熠閃亮，有迷離的神諭

這時我談起你，或許只是單純的談起你
沒有更多的羈絆像是親族與血緣，或者律法

如果你發現居住原來是如此輕易的一件事呢？
如果你發現遷徙原來是如此輕易的一件事呢？
在此岸，我們曾擁抱各自的寂寞比鄰而居
像一條路寂寂開往遠方，自顧自的歌唱

這時你談起我，就不只是單純的談起我了
你要的比你想的更多，你是小小的黑洞
在真空之中向著整個宇宙宣告：我要！
你在虛無的軌道上移動等我問你要去哪裡
但你不能回答，我也不能詢問，在這裡
在我們安居的此地，我們既擁有當下
當下也就是一切世界訴說不盡的語句

這時我們走著像航行，這單純而緩慢的航行

從南到北，又從北到南，在這小城海岸的步道
星光凝止於眾樹，蟲蟹竄伏在我們足跡之外
遙遠的霧笛隱微作響，或者泊岸或者出航
如果有家那必然就是這裡，在這裡
我們的天地安然，不屬於過去，也不屬於未來

海岸自行

青春和你同在，我的青春
總是一條有單車經過的道路
從南向北，從南濱到北濱
一座橋，連結兩個學校

兩個青春的胴體，兩種青春夢
結合成同一組海洋的意象
那時你也寫詩述說，關於愛
如何脆弱，又如何的堅定

像輪下的柏油路承載我們
日日的行旅，這只是生活

每隔一段時間我們挖開修理
看不見的滲洩，又重新補上

補上言談，補上爭吵，補上
歲月留下的痕跡，我從不在意
掠過的風景如何填滿
我們無話可說的眼睛

我只是看見青春和你同在
看見單車穿過小城，經過主街
鑽入，越來越近的潮聲
成為記憶中最繁複而單純的隱喻

此在

想念你，在北方的小城
整個春季裡我無所事事
只想寫一首詩投進郵筒
讓你讀我，讀我的窗
山間有明滅的燈火
照亮蜿蜒的公路

如一根細瘦的葡萄藤
穿針引線，從泥土裡
汲出屬於生活的字句
心臟仍有雜音。我聽見
你歌裡的變奏，上行下行

有時是小調陰暗多曲折
如綿長的海岸，有時則是陽光

你給我用過的舊日子
我在晴空下洗好晾乾
鋪成被枕，夜晚就有了潮聲
你給我淚水煉出的鹽
我用它調時間的味，日日
飲用，日日，宛如你的窗口
呼吸海風，而你不在這裡——

我太想深入，總是離題
在這顆不斷移動的星球上
找不到一間可以居住的房子
我太過憂慮，纏綿難癒

美好只是一種讓人發熱的疾病
渴望世界靜止，萬物各居其位
像我們曾共度的每一天，像你的字句
成為我的話語，你的夢
變成我的預言

一根菸可以換來多少字？
一個故事需要點燃多少根菸？
整個無所事事的春季裡
我只想寫一首詩投進郵筒
說一條公路蜿蜒曲折
一扇窗裡燈火明滅
夢裡有起伏的潮聲
所有的動盪都是獻給明天的歌

入厝

讓命運帶我回到這裡
很快地，我就能整理好一切
重新學習一種生活叫做安居樂業

陽台上的盆栽在破碎的陽光下
微微地枯了，又微微抽著新芽
彷彿它們從來只生長在這裡

客廳堆置的雜物有了各自的歸宿
廚房整潔明亮，臥房裡一張大床
鋪好被枕就是海洋

當我指物命名：這是家
只要一個字就能開啟一扇門
當我走進自己，世界有片刻的安靜

走進自己。我體內的光
清潔，明亮，溫暖
即使闔眼也能清楚看見信仰的一切

靜止的，小小的窗格
靜止的，小小的睡眠
（我不再作關於星星的夢了）

這是家。在那些罩滿濃霧的日子
終於有一座港灣可以練習停靠

把人生動盪的海洋暫時泊放門外
在每一個因操煩而徬徨的夜晚
有燈光指引一條航路
回到這裡，打開生活

我會在入睡前準備好一切
對自己說上一萬遍：
「這就是家了。」

有盡

永恆與時間無關。
這就是永恆。

——Joseph Campbell

複製昨天的夢境進入
今天的行事曆
複製從此成為美德

我想複製你的房子居住
讓我的書堆滿你的書架
一格一格，讓我的字句寫
在你的日記，一頁一頁
直到它成為小說

我想在你讀過的燈下閱讀
用同一種光，同一種角度
複製你的心情，模仿你
為老故事虛構新的情節
彷彿它仍然迴盪在你心底

我想在你的生活裡蔓延
讓你纏綿難癒，讓你發熱
每個難眠的夜裡都記得埋怨，關於我
如何占領你的每一天
聽見你說：「總是這樣……」
你的話語將會找到支架
在我的身上攀爬，抽長，開花

（在百無聊賴的日子裡
給你一百種打發時間的方法）

我想給你一些單純的腦力激盪
譬如：單純的兩個人要怎麼做
才能成為住在兩個身體裡的
同一個靈魂？或者
一句話該怎麼說
才能讓一個單純的靈魂聽出
不那麼單純的壞思想？

我想成為你反覆練習的填字遊戲
讓破碎的線索相互串連，覆蓋
堆疊出全然不同的意義

空白可以重新詮釋，告訴你：
「我在，我在這裡」
（那些我不曾說出口的字句
你能替我填上嗎？）

我想撥轉你的時鐘
倒亂時間的水流
讓你在那想像的居所聽見神諭
「如果一切都不曾發生……」

於是，我會成為那張海圖
攤放在我們之間
帶你來到這裡
（我在，我在這裡……）

說動盪的海洋上還有一座島嶼
南方天空下扶桑花開遍無人小徑
多雨的午後悄悄走近
時間從此與我們沒有關係

有河

像一枚郵票貼在我的窗上
寄來島嶼仲夏的日光，那條河
穿過你的午夢
遞給我漫長而昏沉的白晝
以及另一個顛倒發熱的世界

整座城市彷彿偷偷死了
只有氣味還活著
活成一條白光粼粼的長河
與同樣漫長而昏沉
一首怎麼也讀不到盡頭的長詩

我在你的字句裡翻飛如一隻
快要過期的紋白蝶忽左
忽左，忽然想起你
曾經造訪我長期戒嚴的青春
用翅膀搧動整座島嶼的
颱風、地震、一千個白色的
白日午夢，在動盪的世界裡
製造最小的世界末日

在島嶼邊緣讀你，你的詩句
載滿了整個青春期的暴烈
浪潮，向我的夏天湧來
讓我在動盪的水紋中看見自己
看見泛白的青春之光

以及藏身在鬢角之後
那一根偷偷長出的秋天的白髮

有隔

睡前此刻，像我們曾共度過的許多夜晚
總是從一些儀式開始：徹底的洗浴
刷牙，剔去語言的滓渣
攤開發皺的身體，放進（總是這樣）
現實和夢境之間的縫隙，幻想那些陽光下
羞於啟齒的譁話……
再也沒有任何一刻如此刻
你伸手握住我的一切心思
文字溶成掌心的汗，脈搏低聲
交談，而嘴脣竟只懂得親吻了
再也沒有任何時刻如此刻——然而
有隔，在我們最赤裸最沒防備的時候

我知道你的一切祕密譬如蛀牙和
初戀，情人起誓的言語像青春期的身體
不能忍受他人窺看，但你向我打開
你知曉我不可告人的習慣，翻身時
不經意溢出的夢話（這不是白天裡
大段大段刪落的台詞嗎？）
我知道你的一切數字，你掌握我所有字母
「愛是一座橋樑連接肉體的孤島，穿過
　布滿暗礁的海域，帶我們到達……」你相信
萬物都攤放在床頭燈下任我們閱讀了
過往的所有時光皆如此刻——然而
有隔，當我想起

多年來你跟隨我的腳步
而我——你知道我在那裡
反覆練習取悅眾人的把戲
「生活！」從來我們就是這麼說
我學會在鋼索上行走，也學會
用火炬照亮觀眾陰暗的笑聲了
「生活是謹慎地為這無趣的世界製造
　諸多歡樂和危險的技藝……」總是如此
當白日重重落下，今天碰觸明天
我又從虛無回到你
進入你寬大溫暖的胸懷，感受你
無所不在的包圍——啊包圍
你是堅固的堡壘容我縮身，你是

柔軟慈愛的母體接納我的肉身
任我沉睡在你腹中的海洋，不說話，但你仍清楚
知道有我，我的呼吸，我的心跳，我的
存在——我一直都在，正如你也在那裡
用更大的沉默包容我，又抵達我
心中預留的柔軟與黑暗的角落
當我告訴你此刻總是——唉……
有隔，也只是光與暗裁開時間讓我們作夢
等待我們給明天的空白編入新的情節

隔著被枕、睡衣、單薄的體膚……
我又夢見了你：一座沒有牆的書房
你向我展示全世界的巨大與神祕
而我已在你裡面找到自己的話語

日光海灘

這一切一定都是好的
環繞在我們之外的世界
仍然用難耐的節奏持續運轉
鐘聲翻開夏季的末頁
每一行字句都停留在昨天

那些時光清潔明亮
我們安靜坐在裡面
太陽窺探我們的隱私
日光下你微微流著汗
像一件發燙的背心

說不出口的可以唱嗎？
你問我而我沒有回答
我聆聽你像聆聽一首預言
你的歌聲早熟而憂鬱
十七歲，何其無奈的純潔

每一次占領都像潮水
沙灘上無比容易的告別
等到野草蔓延成衰老的天色
在我的臉頰塗上哀傷
我們還能回頭嗎？

你吻我的時候我想起她
想起另外一些故事

想著這一切一定都是好的
只是我們早已沒有了時間
再也無法弄清楚這些

理想的下午

日光是好的
風裡的氣味也是

一根菸在廣場上
抽完了自己白色的生命

等待是好的
流動的時間也是

沒有人說話
風暴久候不至

安靜無動盪的海洋是好的
視線外，有潮水在漲

即使聽見了彼此的心跳
為了這個理想的下午
把它當成祕密
也是好的

餘光

黃昏偷走了我們的話語
我低頭，把時間還給咖啡杯
在一間臨河營業的書店二樓

矮牆之外，菩提樹持續翻動葉子的金邊
一隻烏鴉啼叫著越過河面
飛入對岸觀音山巨大的陰影——

我聞到暗中喧囂的木炭香氣，樓下的男孩
在偶然駐足的遊客面前將印度薄餅
高高拋起。落地窗內

年輕的女主人皺著眉頭在支票上
簽下一個潦草的名字，她的丈夫
專心整理角落裡一疊蒙塵的新書

把掌紋留在其中一本的封面
一本詩集。我看見
字句底下閃爍的生活的微光

像星星在龐大而完整的黑暗中
依次亮起。我清楚地察覺
仍有什麼正旋轉著經過我的頭頂

妳說：那是另一個遙遠的太陽

遠方的歌聲

從此我們擁有彼此的護照
向一重陌生的國度。陌生
但無比熟悉，像我們從來
不曾遠離，還在彼此的臂彎
找尋一方安臥的水澤
綠頭鴨。我知道交頸的意義
纏繞糾結的誓言，繾綣的母音
藏匿在果實裡等待齒牙
輕輕齧咬，流出音樂
啊！一首歌
總是在國與國之間製造想像

但此刻它如此真實
在我的心上鼓盪

風起的時候

我們曾經有過風，像一種坦然
來去，並不曾牽掛彼此
不曾有夢。我們就是自己的夢
小小的信仰的星星在腳印中
記載每一個錯漏的片段
無法抵達的地址，瀰漫的光
還有霧，還有朦朧的風景
迎面而來的身影如此熟悉
總是同一個說法：命運
帶我到達你的眼瞳——
你看見我赤裸的心臟跳動
在你的胸膛，唱我們的歌

遙遠的追獵

我的愛戀並不純粹，親愛的
單純是一首絕望的歌
剝奪所有來自想像的快樂

快樂是好的，譬如今夜
我戀慕一切屬於你的光亮
話語中的星辰，眼神裡
輾轉流動的月光

（它們整夜在我的枕畔閃爍
向我的耳朵注入一條銀河）

譬如此刻我專注仰望
你的額髮，它像陰暗的雲
覆蓋午夜過後的世界
讓黑暗更黑暗，明亮的
更加明亮

你是燦爛的小宇宙任我
航行，在忘卻了自我的虛無中
我是遺失海圖的水手
渴望踏上熱病的原鄉

今夜，我只是想回到你
回到你不純粹的笑容裡
那將是神祕遙遠的旅途
當時間變得不再重要的時候……

方舟時代

大雨密密降下的時刻
我們和希望一起漂流在洪水之中
作著黑暗而甜美的夢，夢中的世界
還停留在乾燥寧靜的日子

像一張高高架在亞特拉斯山上的眠床
床底下蜷臥我們豢養的動物
那些夜晚，我們渴望彼此的身體
交換體液、語言、昨天的發票

沒有電視廣播報紙光明正大對我們宣揚
偉大的革命情懷，胸中的火就要熄滅

我們因此緊抱著彼此的靈魂取暖
彷彿上帝從來不曾承諾什麼
我的疑問沉入荒寂的海洋
航向未經證實的遠方

行船人的純情曲

用語言網羅生活好讓我們抱怨
這一生，用菸、用酒、用過剩的欲望
打發黃昏到黎明前無聲升降的新月
好日子是一張柔軟不搖晃的床
承載我的身體，讓我作夢

夢見你，遙遠的島嶼
我曾經落腳生根又被拔起的地方
那土地仍舊綑綁著我的名字
跟你一起，在你給我的相片裡
擁有同一雙失眠的眼睛。我只能

想念你，我熟悉的身體
收藏在薄薄一張紙上的過往時光
我在睡前重新溫習，反覆練習
用引擎的呻吟數算我們共度的那些夜晚
黑暗中，我彷彿觸及你沉默的環礁

環繞我，包圍我，我深陷在
對你的思念之中，作著異鄉人的夢
船舶是流浪者的聯合國，日復一日
在人生中尋找新的下錨處
像一枚椰子漂流在海洋上

遲遲不肯伸展的根系懷抱期待
暫停運轉的時間懷抱更多的期待

而我始終期待回到你。你是
我唯一的領土，唯一的國
或者更加單純的：
我只知道，你是我唯一的港口

小國寡民

在多語的春日過去以後
我發現你沉默的祕密：
一座城市是一片海洋
你是唯一的島嶼等待夏天

我記得你溫暖的沙灘
如何呼喚潮水，如何
用柔軟的樹影撫摩
我灼人的目光，叫我情願

捨船，走向你閃爍微光的孔穴
乃不知有汗，無論未盡

的路途能否帶我抵達
永恆的祕境，那是你

種植桃花的所在
進入你心的道路曲折而遠
五行八卦的迷宮之門
掩藏在草木之間

一艘船以自己的方式沉沒了
才讓島嶼從海中升起
不流浪，等一把水手刀
伐倒矜持的密林，然後文明
太平洋的風飽含曖昧的雨

使這個季節爛熟至發黑腐化
這世界有人渴望淋濕身體
讓群眾擁抱，有人不是

所以我渴望什麼？一個訊息
游移擺盪在腳邊的草跡
它們專注於生長，絲毫
無視於變化此刻沉沉的重量

告訴我宇宙微渺的真相
事物和事物彼此之間
以細弱的蛛網相互沾連
禁不起我們一再的觸撫

必然斷裂：啊！小國
只能容納寡民，無從爭辯
你是孤獨國祇樹園
一株盛放的桃花，而我
是你唯一的臣民

愛我就讓我快樂

愛我就讓我快樂，譬如
在車窗上種花
在整座城市的喧囂侵入之前
用溫柔的暴雨澆灌
剛剛萌芽的沉默

沉默是好的，有複雜
的葉脈如潮濕的掌紋
預告未來一百年我們仍然
努力生長茁壯，撐起生活本身
像泥土不再深埋祕密，它餵養

藉由我們流失的時間
和耐心，小小的憤怨和隱忍——
等待是必要的條件
讓一切逐漸成熟至剛好
可以穿越的姿態：

一匹淋濕的斑馬。你的黑傘
切斷多話的雨句，讓世界安靜
走過生活的號誌：單行道
禁止迴轉的窄巷裡，你走向我
在車窗上綻開一朵明亮的微笑

三心二意

我的心底住著另一顆心
我的腳步總是踩踏那人
模糊的足印，漸行漸遠

漸漸不見自己。並不很久以前
世界鼓動自己單純的脈博
給生命以熱切的節奏：前進

於今看來無非是一種美好的想像
包圍我。當黎明尚未靠近
而星星也依然喧囂的時候

我的心裡原有一片花園

栽植一年盛放兩次的玫瑰
是誰曬乾了繽紛，換燦爛

為無聲的萎謝？是誰
變換了四季的輪嬗，以宇宙
為屋舍，實驗他不安的住居？

而後日光來了，在窺看內心的圓窗上
投下熠熠灼燒視線的火焰
是誰？模仿著告別的身姿

在暮色尚未降臨的時分
侵入我的鏡像，成為我
雙重的身分，分裂的魂靈？

一顆石頭的愛情

越過重重的黑夜，這一刻
你遇見我，一如我遇見你
我要告訴你這一切並非偶然

在你之前我是虛無，之後或許
亦將化為塵埃消散，但此刻
我廣大得像是創造我的這個世界
輕薄得如同寫在風中的話語

傾聽我的歷史。從今天開始
沉默就不只是沉默了

如果你觸撫那些看似冰冷的紋路
而我灼傷了你，像一道凝結的火焰
你必然會知道在宇宙洪荒
時間的無垠曠野裡
我只有一種熔岩的心跳
日夜熬煉自己以求
不會在冷漠和絕望中死去

如果你剖開我，如果你
願意回應我的等待
你會知道這漫長而黑暗的旅程
只有信心是我的光
使我不致迷失。當你

重新發現我，在我的身體裡
創造你，給我全新的名字
你也會找到那個全新的世界
在那裡，我們的軀體與魂靈
有同樣的完整與美麗

我將承載你一切夢想
因為你就是我唯一的夢

實驗與對照

假設此地A與B相遇，於C時間
D與E亦相遇，以相同之模式
是否可以A'及B'稱代之？這並非
一個哲學問題而關乎現實
之困境譬如F與G也常懷疑
H和I之間相處之種種根本
抄襲其人生成功之模型數據
即使H和I在此之前根本未曾
聽說過他們任何一個人的名字？

所以說最可疑的其實是C時間
或者C'時間或C'、C''、C'''時間囉？

多像是意圖扭曲一切事件之發展讓它們看來
全都一樣複製了過往並且擅自厚顏地
投射於未來？或者更可疑的是
對J、K、L而言，更有M、N、O……
等等變化之方式戳刺著
宇宙和命運巨大而脆弱的連結——

而我們根本無從查證
世界之鏡究竟在我們身上
實驗著怎樣的人生遊戲
當我對你說我愛你的時候？

第二輯

有病

一千零一夜

每天都會想到的那件事
今天又獨自來造訪我

如同在白日籌劃夜夢
創造一種沒有溫度的憂愁
我擁抱它，一如它擁抱
我的家人，給他們淚水
以及一句無聲而沉重的問候

白日墜落之後，遲來的月光
點亮每一扇不願向睡眠打開的窗
高樓多孔的影子籠罩桌面上

一株沉默思索的觀葉植物
像一座籠子深鎖自己的心

時間是一面鏡子，在鏡中
我看見愛的來臨與消亡
那彷彿只是一種信仰
相信脆薄透明的胸膛裡
仍有跳動的心臟

它期待明天不要太複雜
難懂，也不要太清楚明白
如同今夜心上感受的重量
讓一切安靜，美麗
用祕密的姿態為自己書寫日記

世界此刻敞開在我身體裡，像一扇窗
我終於知道我更愛自己

表層的刮痕

那些讓我們覺得自己仍舊純粹的零件
被拆落後留下的空缺似乎始終找不到
合適的謊言來填補（世界繼續運轉）

或者它從來就不在體內占據任何空間
譬如鏡中人影忠實地模仿我們的外貌
而我們轉過身去假裝什麼都沒有看見

譬如他織給你的圍巾在激情過後被鉤
破成一方無底黑洞且連接著一條不斷
鬆開拉長的純白毛線緊鉤住你的心臟

受困

在雨停之前，我想
我還有多少時間可以用來
為河面的漣漪計數？

靠近橋墩的陰影下
輕艇選手輕輕用槳劃破
自己清潔柔軟的倒影

我的黑眼睛在咖啡杯裡
變得更黑了，像今晨的日蝕
順手熄滅了世界的光

萬物都在敗毀之中，譬如
金合歡脫落的羽狀複葉
從人行道旁的水窪

被疾駛而過的輪胎
捲起，潑濺在蒙塵的磚牆上。
我因此看見命運的手勢

召喚我，在雨停之前
數算河面的漣漪究竟
畫出了多少人生交錯的圈圈

蟻夢

如果地球就這樣巨大起來了，在你的
夢中，像一座無人的地下城市
默默擴張。如果曾經有那樣的時刻
你全身赤裸爬行空白格紙之上
用一生拖曳長長的筆劃，最後一次
以墨點結束追索身世的族譜
地圖附錄其後，實線虛線縱橫
你是否看見萬千人形同時疊覆枕席之間
依你軀體蜷曲的角度輕輕錯開未定的疆界？

夜夢邊境顏色黯淡。多半時刻
嘗試為自己的身體敷陳眾彩

你想像有一種固定的比例在顏色與顏色之間
身體和身體之間，營造認同的標誌
每一次親吻都為了確定隸屬關係
你的我的身體，我的你的身分
用姓名年齡星座血型容貌性別
測度自己與他人相異的指數
漸行漸遠，卻又愈走愈近

你沿著昨天的氣味尋找明天
在持續擴張的城市中，你知道
有一千種迷失的可能
你緊隨每一個前人踏出的腳印
試圖橫跨無岸的河流
流亡者的呼號驚醒作夢的人

血的逃亡。下次當你膜拜腳印
看見土中升起的野草已遮沒大半天空
乃想起地底的邦國亦陷溺於同樣的陰暗
萬千子民分踞生命的角落，趑趑趄趄
奮力尋找夢的出口但終究失去方向
感官喪失作用還原成為感官，純粹的
生之命題，隔絕了與人交談的意志

人們在寂靜中順服地勞動，而勞動擴張清醒的版圖
在刀筆紙墨間偶然停下工作佇足仰望，才發現
這世界又縮小還原成最初的一點靜靜站在夢土的正中

竹夢

等到風雨飄搖才能清楚聽見
存在的自言自語如夢囈
無涉於矜誇的，自我貶抑的
藉由無意識的肢體活動始能明白展現的
奇異的壓迫感哪
總在夜夢闌珊的時刻暴漲如洪流
輕易吞噬悄然遠離的白晝光陰

上一刻，我們正從遙遠的宿命裡趕來
轉赴另一個更巨大的命題：
我知道生命的意義，我知道宇宙
無時無刻地用神性的漠視照耀我

我知道哪些菌落與我們共生，哪些不是
而我們的根系努力伸展，向廣闊的地球
嘗試建立一個嶄新的座標系

這一刻，我們像兄弟一般緊緊護衛彼此
在那片丘陵起伏的夢土上
夜復一夜擴張對於話語的侵略
我於是放棄預見自己未來的能力
放棄進入，宿命般，進入自己的夢
因而看見那更大的，絢麗繽紛的異象
金色流星紛然墜落如雨，蟲豸
逆光交舞，再沒有任何一刻
比此時更加孤獨，我開始了解，當我

試圖傾聽風霜雨露，傾聽月光
拂弄整座山頭的秋聲，我乃了解
有一種更偉大的存在抓住我
當我如此堅定地抓緊山坡上的土壤
將疲弱的根系深深埋入族群的記憶
我於是擁有了那唯一的名字
比憂傷短，比歲月長

石頭夢

我從火中來，從水中升起，和時間同在
風擦拭我的臉，讓我布滿皺紋
我從不曾離開自己，也不曾進入
屬於我亙古不變的姓名
廣闊土地只是一個夢境的延伸
沒有愛，沒有死亡，沒有信仰

我記得宇宙的開始和毀滅：
崩落淌血的十字架，挫敗凋萎的花
我記得那些黑暗中發生的戰爭
卻遺忘了日光下往來奔行的靈魂
他們用聲音顏色確定彼此的存在

用言語擁抱自己的生活

我不知道世界有何聲音
一切聲音不過是一句話在心中迴盪
我不知道世界有何顏色
所有顏色都會回到那永恆的居所
我不知道世界還有其他的存在
如果存在只是一首歌被風吹散
而他們總是談著：「生活！」
卻看不見我在這裡等候

等他們回歸於孤獨，回到自己
經過水火的淬鍊磨洗，在暗中凝固
他們必能擁有那唯一的姓名

用一個夢境延伸於廣闊的土地
穿過信仰以外的死亡
與我同在，與時間同在

深入與證明

挖空心思可以獲得什麼？一瓢水
帶有憎恨的溫度，或者一句無聲的吶喊
浴室裡一縷迴盪的歌聲，是什麼？

當你面對鏡中赤裸如初生的身體
起霧的魂靈看不見自己的邊界
還想背叛誰？還有誰可以背叛？

昨天你曾暗暗起誓理所當然的忠貞
像一塊肥皂躺在洗臉台的左側
堅硬、清潔，渾身天堂的香味

此刻的你濕滑、浮腫，由外而內
持續塌陷。再也不能相信了
關於肉體的神話，關於青春與永恆

這難道不是詛咒嗎？漸漸分解
日復一日的死亡，用最鏽鈍的刀刃
慢慢切割你的信心，這難道不是詛咒嗎？

像一隻螞蟻沿著磁磚邊緣行走，畏畏縮縮
不斷試探來時的道路。你在哪裡？
你在這裡，迷失在自己的身體裡

流亡日Ｉ

動盪開始於烏何有之地：預言終於變成真實
路徑遵照醫生的指示，給記憶多一點空間
存放自己的母語。來自於土地的都要回歸
於虛無……但我必須離開，像一件衣服
穿了又脫，在離永恆尚自遙遠的年歲裡
假裝自己赤身裸體，並勇於接受更嚴格的檢驗
那時一切都不能帶走，萬物都無法存留
我必須離去，像一枚不落地的種子開始無邊無際的漂泊

四十日了，四十個病痛纏繞如鎖鍊縛身的白晝
腦殼中總有火焰熬煉帶著罪惡的名字
我記得一切關於救贖的說法，卻遺忘了如何敘述

日期和日期之間的縫隙中流出的夜的聲音
我遺忘了那些夢，夢中的場景，卻記得
人們如何倉皇的逃離，變裝易容，逃出血脈所圈成的囚籠
它豈能只是單純存在我的想像裡？它豈能
截斷和過往的一切關連，獨身寄居在我的眼耳深處？

四十日了，我必須學習一些難以置信的事物
譬如流亡的邊際效應，黑暗之心的判讀應用
以及其相關之求生標準作業程序種種；譬如
一個可以讓意志藏身其中的心靈洞窟
讓時間之流快速通過的睡前禱詞。假如我正在離去
我必須相信以上皆非等於以上皆是，標準答案之外
還有更標準的答案能獲得高分，愛與包容
必能彌補這世間一切裂縫，但我無法理解

還有多少個四十日在前方等我？屈指難數
意義不大。如果從來就沒有確定的方向
我又何必在意這地球自轉公轉的次數？反正
過程大抵雷同，結果不言自明，只有今日
我可以選擇獨自一人緩慢前行。時間不再重要了嗎？
劃分人生的標準哪裡去了呢？如果我逃離
像一枚果實順著洋流飄至他方，異國的沙灘
會不會有我棲身的天堂？譫妄是我的疾病
還沉眠在未知的醫療檔案裡，等我前去喚醒

動盪開始於烏何有之地，我仍作著同樣的夢
夜夜驚醒，日日苦思，時時刻刻恍惚精神
但我確實正在流亡，即使祈禱神祇莫給我們試煉在一無所有的曠野我只能面對自己。我還有信仰嗎？
禱告有對象可以依附嗎？當魔鬼進入我的心裡
我已是一條乾枯的河道，沒有言詞在生命中流動
我終於看見開始與終結，且全無驚惶，因為我已放棄歌唱

流亡日II

一張沒有烏托邦的世界地圖是絲毫不值得一顧的。
——Oscar Wilde

一條路通往哪裡？邊走邊唱，遙遠的抵達
我遠離預設的方向，找一個夢，一個解釋
總不能穿越這座森林。還有更好的說法嗎？
難以成眠，巨大的苦惱纏繞如蔓生的樹藤
我的腳步沉重，髮上沾滿清晨的薄霜

手槍遺失以後就放棄獵殺，一覺醒來
從不記得夢境是好是壞。此刻我選擇離開
還聽見潮水中你的呼喊在我身後迴盪
你已代我接受審判，上帝給予臨終的祝福

世界大體完整，宇宙運行如常
歌者在子彈前面屈服，話語破碎成腳印
眾人踩踏信仰直到你胸膛迸裂，讓鮮血噴濺
什麼也不能證明，什麼也不曾洗清
陰暗的地底另有一條小徑通往承諾
永生的國度，落葉綴滿遊蕩的蛛絲

通往哪裡？一條路永遠抵達不了
死者還沒離開，信件停留在旅途的某一段
我忘不了曾經寫下的字句，但還能再見面嗎？
我的右手握著我的筆，我的墨水滴落在我的信
離家出走的信件帶走一部分的心情，至今仍在旅行

是我驅逐它的，不是嗎？我還能怎麼承認呢？
我驅逐它，代替我，繫著白鴿的尾羽離去
向不存在的那人宣示棄守與效忠，拾起書寫的信念
墨水也是靈魂的眼淚，是探索者的汗
是整座山林的疑問，我真能輕易的驅逐它嗎？

一條路通往哪裡？離去的從不是我自己
也不是它，迷失在密林小徑裡的過往
記憶會回頭來找我嗎？這些虛構的死亡
真有重量嗎？你投遞答案的郵筒遲遲不曾寄達
我仍居住在我的腳步上，以不息的流亡，以不歇的歌

C'est La Vie

——在島上

如果我們之間失去聯絡，在一個下著雨的夜晚
如果你記得生活的一切密碼，而我記得你的名字
在那座看不見泥土的山丘，你會把傘打開嗎？
你會把傘打開，並且為我遮擋帶罪的淚水嗎？

如果我曾被放逐，又回到你的身旁
在開始革命之前埋下我的彈藥，讓手槍生鏽
你能接受我背上的鳥群，為牠們預備屋舍嗎？
你能寵愛牠們如同愛惜自己的影子，並且餵養牠們嗎？

牠們飛過野火纏身的垃圾場，流浪在

大教堂的鐘塔和孤兒院的屋簷之下
牠們練習模仿手風琴的呼吸和旋轉木馬的升降
也學會頂著魔術師的帽子跳佛朗明哥舞，啊！生活！

你看見牠們肩上美麗的槍傷了嗎？別擔心
那些動盪都會化作給我們的寓言，給我們的歌
每一個音符都會因此擁有重量，擊穿我們的信仰
即使我已經乾涸，流不出一滴眼淚，一滴鮮血

我們即將分開，搭乘不同的列車，我們分開
穿過每一個兩兩相異，又無比相似的平原
讓折翼的鴿子帶走橄欖樹的春夢，越過洪荒
教你在遠方揉碎月桂樹葉，有懺悔洗劫你的眼角

別擔心，我們即將分開，像你的神曾經告訴你的那樣
因為夢境無法永遠睡在同一張床上，我們即將分開
我會在夜裡投下燒夷彈，照亮每一座虛構的坑谷
如同你曾經流淚關上的那些畫面：最後的激情，和死亡

如果此刻你從夢中醒來，別擔心，我們已經分開
各自生活在戰爭不願造訪的城市，為了微笑奉獻
如果你看見窗上的倒影你要想起這一切：分開
直到世界崩毀倒退，還原成我們曾經居住在其中的模型

島嶼生活

在島上，大洋之濱，我的存在像是一部默片時代的老電影，藏身在有線電視數以百計的頻道末尾，為了收視率和廣告之間的關聯發愁。千萬支遙控器不斷改變收視頻道，畫面閃爍跳躍；千萬雙眼睛有各自的故事，眼神專注復空無。但他們共同的特徵是，絕不在此停留。啊！生活！生活是在無人觀看的狀態下，重複上演自己的故事。

我不知道何者比較虛幻，是這樣生活著的我，還是這樣觀看自己生活著的我。每天醒來，穿衣吃飯工作，一堆鳥事真長了翅膀撲撲飛落在我身上，無懼於槍砲刀械的恐嚇，彷彿它們真的住在這裡。啊！生活！生活是不斷抗爭和妥協的過程。

所幸還有書寫，還有詩，還有默默傾聽的人，他們分享了我的無奈與煩憂。一滴眼淚若是落在大海裡，就再也不會是悲傷的象徵了。啊！生活！生活是在平凡與索然之中，提煉出一滴精純的解藥，遏抑致死的衝動。

那解藥，我們名之為詩。

Wanderers Nachtlied

——流浪者的夜歌，為那不想再流浪之人

如果我忘記說話，忘記怎麼和你說話
我必然正在唱歌。沒有調性，母音純淨
心中旋律如山路的蜿蜒，彷彿沒有盡頭
我漫步走著自己的影子，跟隨一個無法確定的節奏

我撿拾自己的名字像撿起落在心上的枯葉
已經消逝的春天從不回頭過來拜訪無水的河流
山只是一個夢，不因虛幻而減少高度或重量
當我遍尋不著，它頂住我的胃，抵達我的心

一個人要怎麼意識自己血液的冰涼？沉默著低頭

還是放肆的譏嘲？哪一種更為迅速有效？
聽不見自己的命運，但它在我腳板上一槌一釘
阻擋我前行的腳步，也不讓我轉身倒退

我走過多雨的季節，走過枯旱，像一條老狗
呼嚎著發黃的月亮。我曾有過回家的渴望
當二月的冷空氣千方百計刺入窗縫，還有燈火
短暫照亮微濕的長路，我曾想過回去

如果有一個地方在等我，我情願回去
停下這流血的腳印，拔除十字架上的荊棘
用一個字換取半張溫暖的床，我情願回去
讓掏空的心重新填滿，用一首歌，用一個擁抱

我能交換一座山嗎？如果神奪走我的音符，卻不給我夢
我還能走多遠？用半生的流浪換半生安穩，要多遠
才能聽見老死前的安魂歌？我還在行走，還在行走
影子伸進炫目的逆光，像倒亂的時間，像神的話

如果我忘記怎麼說話，至少我還有歌
苦候不至的風暴總是沉默著靠近，無關乎絕望
如果我願意，我可以繼續行走直到末日吹響號角
直到你聽見我心底的旋律，開始輕聲唱和

C'est aujourd'hui

——回程

此刻我已遠離戰場，黑雨密密落下的平原
砲火曾經填滿我的日子，我沒有更多的渴望
我需要一根菸燒去生命，讓呼吸帶來灰塵
蒙上眼睛，不思想，就可以走過焦臭的死亡

我背棄自己，埋葬手槍，走在回去的路上
黑雨淋濕我的信仰，熟悉的禱詞滲成泥沼
我遺忘了如何奉獻，腳印裡滿是荊棘
白色的地圖繪在我的背後，我在每一個夢中迷路

我曾被生活穿上，被理想污損，又讓時間漂洗褪色

在潮熱的雨季裡反覆霉朽，石礫磨破我的期望
我想要一道清潔的光照亮來路，很困難嗎？
他們用承諾打開了我的心，卻注入綠色的血液

我還能向神祈禱嗎？組合那些密碼可以解開謎題嗎？
當我收起殘缺的字句，日記裡沒有它們的位置
我還能向你祈禱嗎？傾聽你的話語可以遺忘過去嗎？
但過去就住在我單薄的肩上，我還能怎麼前進呢？

我無法前進，無法停留，無法看見自己的影子
石頭上的字跡早已風化，我也不再期待太陽
鴿子在火中築巢，月桂樹燒成焦黑的燈柱
當他們把神祕主義刻在我的胸前，紋身成為一種罪惡

我寫不出一首詩，唱不出一首歌，在回去的路上
因為雨霧總是偽裝哀傷，讓聲音變得沉重
一首詩能寫出真實嗎？一首歌能唱出人生嗎？
黑色的藤蔓纏住我的雙腳，我還能怎麼走下去呢？

此刻我已遠離戰場，遠離落雨泥濘的平原
我用一根菸燒去生命，但黑雨打熄這殘餘的暗焰
沒有誰真的死去，也沒有誰曾經活著
我只能走進墓地，走進一場虛構的葬禮

在寂靜的此岸

留給他的時間，勉強夠他走到墓地。

——馬奎斯．《迷宮中的將軍》

1

凝結的時光中偶爾也想起你的側臉，但我無法描述
偶爾也有人問我關於公平和正義的問題，但你說得更好
理智是另一種生命的困頓，確保我們活著
並且為了確保我們活著而清醒地受苦

2

無法再見的那人此刻我見到你
你仍然活在過去的時光中

你和我曾一起猜測那些冰冷的墓碑
猜測那些銘詞未曾記載的事

無法再見的那人此刻我想念你
你仍然活在過去的時光中
你留我一人獨自猜測那些冰冷的墓碑
猜測他們在銘詞外還有什麼話好說

3

我封閉了我的心，教我無法再聽見你
聽見你，你和你的語言
一個形而下的問題：愛。
一個形而上的答案：愛？

4

一枚骰子在碗裡無聲翻轉
我們和命運的莊家短兵相接
如果翻出第七面就是死亡呢？
啊！偽造的二元論，虛構的心

單與雙，光明與黑暗，生與死
我總有更精確的方式理解這些
敘述它，像反覆申說自己的身世
反覆那些不能結合，卻又無法分割的一切

5

回到海上的夢沒有名字，它罹難沉沒
從此我不必再像信徒盲目追隨神蹟

我可以安穩入睡像一個拋棄憂愁的旅人
也可以讓陽光喚起我再次醒來的決心

甚至不碰觸預言了，避開一切可能的思索
我和我的身軀住在一起，膜拜這潔淨的聖殿
它曾經被恐懼洗劫，但此刻煥然如新
它給我一千個如星光燦然永恆的信念，點綴無邊的黑暗

我閉上我的眼睛，像燈塔熄去炬火
礁岩和海潮之間沒有夢，也沒有黎明
如果願意我可以感到生命的喜樂充滿
但此刻，我渴望安息，渴望海嘯退去後的寧靜

給夭亡者的靈歌

1

那是我們突然盲目的心，在胸腔裡急速地跳竄
一個不能分辨的節奏：複拍子
那是我們突然盲目的心，在胸腔裡急速地失溫
一個無法演奏的樂音：休止符

2

向擁擠的廣場投下汽油彈，媽媽
燃燒我們的疲倦，我們的汗
旗幟在火焰中模仿火焰，口號都昇華了
媽媽，我也開始燃燒

3

同樣盲目，與我們漸行漸遠的他者
像黑死病一樣拜訪了這城中每一個
擁有信仰的家庭。他在緊閉的窗門上作記號
並且嘗試越過染血的沙地達陣得分

4

把重擔扛在肩頭以便隨時放下它
媽媽，你告訴我這些
好讓我順利進入你的世界
你教我如何在園中種下無用的花蕾
下一個季節，我們可以並肩除去那些美
媽媽，你告訴我這些
好讓我順利進入你的世界

5

那世界曾經如此嚴厲拒斥我的存在
我因此跪在廣場的石磚上摹畫大麻的葉脈
我住在這城市唯一一座小教堂的尖頂
每天，鐘聲會洗淨我的罪，我那染血的黑衣

6

如今我已長大，像一個老人
扶著他的妻子和尊嚴
而另一個我在泥土中，屍骨漸漸壞朽
一次又一次跌進愈來愈深的夢境

7

那是我突然盲目的心，心上唱著歌

在我無法理解何謂流浪的童年
我看不見誰在那裡主宰一切
彷彿有誰曾經創造世界又摧毀了它：
他們抹去一切我存在的證明
放逐我回到不曾出生的時空

8

一切都要熄滅，如你的名字
高高坐在沒有溫度的雲中堡壘：這是世界
你教導我這些，好讓我哭泣
在我怎麼也不能進入的迷宮裡
你教導我這些，好讓我能哭泣
在我怎麼也找不到出口的迷宮裡

馬路天使

1

當我開始奔跑我便懂得奔跑
奔跑時有疲倦但臉上要帶著微笑
呼吸裡要有風，腳步裡要有光
像是我從來不懂得如何奔跑

2

我向路過的一切風景招手
人形的影子因此選擇遠離我
那是死亡我曾經也獨身拜訪過
我拜訪過死亡彷彿那裡有夢

3

春天是我心裡不癒的疾病
在我的海洋上塗抹明亮的色彩
我遺忘了你的名字和電話號碼
卻記得你眼角微弱的星光

4

他們教我將心事曝曬在日光下
讓蜷曲的語句因溫暖而舒展
他們教我從命運手中搶回彩虹
我只願意讓它閃爍在你的窗櫺

5

我奔跑在鐘聲包裹的公園

時間提醒我邊界的存在
宇宙只有兩行潔白的笑容
沿著我的視線不斷蕩開

6

我學習振翼拋下那些虛弱的羽翮
如同蒲公英的絨毛離開擴張的草原
它們離開我奔向從未存在的你
世界只是一場關於生殖的遊戲

7

你要走上公路攔一輛藍寶堅尼
讓它帶你去到海邊荒廢的遊樂場
坐完摩天輪你要坐旋轉木馬

滾動的機械引你打開童年緊閉的門戶

8

你要看見我或者你不曾看見我
但我始終站在那裡等待你的到臨
你會聽見我盼望相遇的歌聲
黑暗中的星系是我心念的證明

9

弱者用他們的生命引頸期盼
我在雲端的堡壘宣示今生的福音
曾經被火焰洗濯此刻變得潔白
我等待你寫下無言的第一封情書

10

將我當成郵件投遞在你的時空
單薄的肉體需要存在的印記
當我們相遇我會用背影告訴你
屬於開始的一切祕密

島外之島

「人類理性在其知識的一個種類中有此特殊命運：
它為它無法拒絕的問題所困擾。」
——康德

從前她也曾離去但往往回來
為了花與綠的春天：一個失語的夢
為了撿回不屬於他人的藉口
她回來，少女的軀體，無皺紋的心

她和第一任丈夫從不認識
死後亦然，還想選擇結婚禮服
設計師把鴿子和蝴蝶縫上蕾絲
她穿著屍體叫喊著跑出教堂

而那是島嶼沉沒之前的事了

為了跟全世界打交道，她嫁了又嫁
瘸腿的牧師，憂鬱的心臟外科主任
早衰的孩子，畏光的財政官員
人生不過是一首反覆彈唱的老調
但唯有她可以霸占麥克風，還如此理所當然

潮水退去之後她如願以償
住進自己的碉堡，每個無眠的夜裡
學著用淚的子彈射擊星星
「這世界不需要太多希望，」她默默
關上那些流血的畫面

偶爾她需要一些東方的情懷：革命或者
吃點蔬菜。有時只是一首詩
在漫長的人生裡製造歡快的節奏……
一切都是附加的，包括孩子
但她貧瘠的子宮裡面沒有土壤

「你還想射擊星星嗎？它們是
　靈魂在天上的居所。」她搖頭
夢外豈有夢？島外如何還能有島？
沒有橄欖樹枝，哪裡還有他方可以居住？
疑問是一陣風將她吹向遠方

一艘無人的救生艇擱淺在她走後的長椅上

有病

一個房間半片黑，一盞燈
懸掛在影子裡面
時間搖動稀薄的光色
思想從來不能照亮自己的空洞

不想告訴這個世界的祕密
總有另一個人在電話那頭會聽見
疲倦到只想躺在自己的身體裡
等待死亡前來喚醒

我無法決定該去哪裡
閉上眼睛之後還聽見微弱的聲音

向身體宣示主權在他方
不在這裡

然而這不是幾句話幾封信
就能解決的問題。我知道
你還在傾聽，向我挖掘
像一個驚擾死者的盜墓賊

你找到了嗎？如果這是你要的
我還有一點時間留給自己
呼吸，飲食，進行虛構的遊戲
擴張自己的疾病

回函：致拉撒若夫人[1]

「Io fei giubbetto a me delle mie case，」[2]
「一個瓶中的世界。」我說

我多麼熟悉你會怎麼說
掏出鑰匙轉動門鎖後
回頭輕輕說你也在
這裡，這絕對不是巧合
當命運帶我們抵達

堆積的衣服與碗盤
每一天的晚餐時刻
我們相對而坐

兩個人，兩道陰影在背後
貼成同一張地圖

我們是這麼走過來的
當疲倦鉤住肩膀
欲望在溫熱的洗澡水裡暖熱
膨脹，浸泡至浮腫而蒼白
潮濕的肥皂味，燥熱的菸

我讓荒瘠的花圃
長出番茄與黃瓜，讓你種植我
在不常到來的下雨天
讓歡樂種植在半瓶威士忌裡
用酒精寫日記，用一枝枯朽的筆

在我的後見之明裡這一切
顯得如此理所當然啊再沒有
任何可以討價還價的空間
彷彿愛情和性在超級市場裡
陳列販賣，彷彿他們住著

如此理所當然啊並沒有任何
毒販、軍火商、皮條客
在我掌心留下電話號碼
（我終於知道他們其實是同一種人
　都是我的家人……）

「在我們的沉默裡……」我的沉默

是一條潛艇，用聽不見的聲音
探索世界而世界從未抵達夏天
「一切多美好。肯定是」一切美好
在單薄的二月，房間有蘋果的氣味

這時候我已遠離戰爭
練習修理這個損壞的世界
打電話給每一個號碼
乘著遙控器穿梭在購物頻道之間
我讓自己忙碌

讓自己看起來透明
讓你看見我肚腹裡一隻
蝴蝶正揮著翅膀上下飛舞

為了每一個清醒的明天
所做的種種努力

1 〈拉撒若夫人〉（Lady Lazarus），美國女詩人Sylvia Plath的詩作。

2 但丁《神曲》中，佛羅倫斯的無名氏自殺的理由，意思是「我把自己的家變成一架絞刑台」。

藍心人

親愛的L，我想你一定知道，為了生活所付出的犧牲，有時候總是取代了生活本身，成為某種我們所不願意面對的詛咒。所以當藍色的念頭沉沉來襲，變成日夜不曾平息的暗示，對自我的暗示，我們之所以能夠撐下去，繼續過著一切如常的日子，所憑藉的基礎是如此地薄弱，薄弱到隨時都可能崩毀。那麼，我所能做的就是寫一封信，給一個已經遠遠離去的靈魂，一個不再因為斷裂和幻滅所苦的詩人，告訴她，我也經歷了她所經歷，感受了她的感受，就這麼悄悄的落淚。淚水之後，是抹乾淚痕繼續生活的無奈，也是歡喜甘願，是一片超越日常的欣然。

第三輯

發聲練習

迷失者

離開，真的是生命無可逃躲的必然嗎？當我們從新聞裡，從他人的言談耳語裡得到那些片面的資訊，試圖拼湊還原生命的原貌，除了悲傷，還能有別的說法嗎？一個一個從我們的星空殞落的年輕生命，那些渺小而又巨大的靈魂，他們的存在如此沉重，他們到底相信什麼呢？另一個世界？另一個更美好的未來？另一個無法再確認一次的……無聲的結局。

看哪！那不小心偏離航道的人
他像一枚無主的衛星在夜空中徘徊
尋找一點指引的光亮……

我又夢見了你，在離開地球的太空船上
夢見那瀰漫在宇宙深處巨大而盲目的光
這一場最初，也是最後的宇宙旅程啊！
我要穿越承載生命歷程的銀河
那是清醒時無法面對的炫目的黑暗

我必須用夢來屏障我的眼

我又夢見了你，夢見那無聲的永恆
太空船外的世界仍然依循你的計畫
恆星穩定的發光，行星堅持著運轉
連黑洞都記得努力吸蝕世間萬物
我在自己的身體裡沉睡
讓冰涼的體溫減少一切損耗

我必須用冰的氣息阻斷世界的呼喚
那不是入眠的唯一手段嗎？
因為睡著，我將更為清醒
在知與不知之間，看與不看之間
茫茫然穿過承載生命歷程的銀河

再沒有比這更經濟的辦法了

閉上眼睛，我清楚地感應到
逆光中的流星群宛如慶典的花火
為了此刻的相遇而燦爛狂喜
但我該用什麼表情面對呢？
我擁抱著自己的夢，擁抱沉默
這樣就算是完整了嗎？

睡著的太空船，作夢的旅程
承載完整生命歷程的銀河
瀰漫著光的宇宙深處……然而
我會到哪裡去呢？另一個藍色的星球嗎？
另一個地球，另一個顛倒的世界

如果我向你請求，你會在那裡等我嗎？
如果真的只是一場睡眠，我能安然醒來
而不是用近乎永生的長途跋涉來碰觸你
像一個朝聖者，一隊沒有星光指引的十字軍
迷失在信仰的他方——這孤獨的旅程啊！
我真能安全通過這無邊的黑暗
並且找到你的存在嗎？

如果你能聽見我的話語，請教導我
如何閱讀這廣闊的世界，讓我
辨認那些時刻，關於光的稀微
影的遼闊，讓我收拾起荒蕪的心
建構一片沒有疑惑的新天地

請解除我的猶豫，教我遺忘徘徊
讓我發現那唯一的道路，永恆的追尋

如果有那麼一刻，夢境都已消散
撩亂的星辰紛紛靜止，眼前一片光明
我必然已經抵達你廣大的胸懷
我的心被洗過，有陽光的氣味
它被洗過，潔白如新
徬徨的陰影遺落在出發之地
我可以微笑開啟之後的每一天

當我們在遠方相遇，我必能清楚看見
你已為我開燈點亮整個宇宙的黑暗

新消費時代的電視購物指南

如果我們願意靜下心來尋索，所謂的購物的欲望，其實是一種極度可疑的存在。這次我們不以泛道德的方式進行論述，因為那樣淒厲的呼喊往往都只能淪為一種口號，親痛仇快。如果我們能像一個考古學家，細細掃去流俗的偽裝與見解，必然能夠發現這種欲望的本質，正如同法國社會學家波德里亞所說，已經從真正的消費（購買必需品），轉化為一種符號的消費。我們生活在某種符碼和身分的表徵之中，並且為此付出極為巨大的代價：人生。我們並不覺得有何悲哀可言，事實上，這種被遮蔽的生活，本身就是一種無法言說的悲哀……

感謝這百無聊賴的人生
給我們資本購買更美好的明天

明天是什麼？關上門
一架電視一支遙控器
一座種植身體的沙發

這就是你真實的天堂了

沒有那些推銷信仰的人會登門拜訪
（他們擅長展示不太理想的理想
許諾你無法兌換的，善行的紅利點數）
也沒有來自銀行的狙擊電話
（女槍手們從遠方瞄準你的耳朵你的
皮夾，那些媚聲婉轉的戰場）
信箱空洞無物（沒有，沒有帳單、廣告
以及柔軟如鈔票一般的信件）
再沒有任何一絲干擾了
你可以安靜吃一份微波食物，安安靜靜的
俯視液晶螢幕裡薄薄的世界
感覺自己坐在雲間

感覺自己是神

荊棘中的火焰、雲朵聚合成臉孔
話語都銘刻在石板上了
還需要什麼具體的連結？
你可以這麼做：選擇值得信賴的購物頻道
拿起話筒，準備撥號。你可以：

買一本書，買堆砌在書中
那些承載顏色、聲音、氣味的積木
（這些複製現實的模型同樣可以被複製成
　另一個你無從命名的小宇宙）

買肥胖，也買一些減肥瘦身的課程

買他人的眼睛觀看我們的角度
記得加買遮蔽這些視線的窗簾
懸掛在我們身上（你渴望被偷窺
的心態，是多麼光明正大啊！）

買手機，買無人接聽的號碼
為自己買一段空白的時間
隨時接收我們面對命運無以名狀的嘆息：
「將為您轉接語音信箱，嘟一聲後開始計費
如不留言請掛斷，快速留言，嘟一聲後請按#字鍵」

買幾部經典電影：無法給你愛情的愛情片
偽造報仇、死亡的武俠、動作片
笑完之後還得繼續生活的喜劇片

買那些藏身在圓而薄的光碟中
不屬於我們的人生

買一張床，招待被工作放逐的身體
給不安的靈魂更加不安的居住
啊！明天！在多夢的黑夜
製造壯麗的語無倫次：
「我學會用空虛填滿空虛，也學會
　用矛盾來消費矛盾了。還有更好的方式嗎？」
我們買下了百無聊賴的明天
用一張額度透支的，人生的信用卡……

夢遊者

每一個早晨，當我們從夢中醒來，總必經歷一段混沌蒙昧，彷彿時光倒轉，宇宙又再度輪迴，天地草闢，物類生長蕃蕃……然後意識重新回到這身體，彷彿一重隱喻，而我們從不曾真正理解。

一個人要怎樣才能認識世界？或者說，一個人怎麼可能不通過自我而認識世界？所謂成長，並不是單純的繁衍增殖，而是真切地體認自我與他人的差異，從而理解與面對整個族群的命運。

那時，我們會讀著自己的生命，並且真正醒來。

我睡在世界的呼吸裡
夢著世界的夢，在夢中
高速旋轉的星雲小如鴿卵
包容無數狂奔的星辰
這是我最初的居所
最安靜的宇宙

我睡在世界的呼吸裡
一個人蜷縮身軀。在這裡
明暗無別，晝夜不分
沒有四季劃分生命的段落
我感到確實有什麼正包圍我
呼喚我，呼喚我醒來

我於是張開雙眼，伸展手足
試圖確認自己的存在
這是我，這是身體
身體之外還有世界
天地山川沉默溫柔
萬物欣欣然生長

然而我感到確實有什麼正包圍我
呼喚我，呼喚我探索

時間旋轉出季節：在春天
我踏著冬日的殘雪前進
小小的獸開始練習求偶的技藝
每一片腳印上都鋪著新生的嫩葉
日光清洗陰影，雲朵梳理風聲
忽然就到了黃昏的邊境

我眺望黑暗中閃動如星火的文字
往前一步就是歷史
巨大的河流橫亙天際
我無法前進，無法後退

深陷在萬古的長夜裡
寂靜若死，彷彿若有
死亡深處傳來的隆隆聲響

喔！那是震盪世界的聲音我聽見
喔！那是震盪生命的聲音我聽見

那是我，是我的存在
存在是我的腳步踏遍這塊土地
我從此記得來時的風景
我為萬物命名，我尋索我的族類
我走過洪荒，走過遙遠的宿命
走過飢餓與戰爭，走過文明紛亂的光與影
轉赴另一個更巨大的命題

然而我如何才能夠發現
一切變化不過是我夢中的夢
而世界從來不曾清醒

我睡在世界的呼吸裡，夢見
一片寬闊的草原
日光底下一切逐漸明朗
一個男孩打開書本
大聲念出自己的名字

雙聲

不知從什麼時候開始，一個女子的成長不再是她自己的事。許多力量想要接觸她，左右她，讓她不再是自己，而是一個模糊而普遍的形象。沒有人聽見她的聲音，像神話中的女預言家，她的哭泣掩藏在歷史的冊頁之後，變成文明發展的配樂。但我相信，每一個女子的青春年歲，都渴望唱一首屬於自己的歌，即使那只是萬千旋律中的一個，卻是獨一無二的音樂。無須憂慮獨唱的寂寞，只要等待，自有和諧的雙聲。

每一次呼吸都是一首歌
讓我聽見你脣間的音樂

音樂是風，是雨
是土地裡流動的水泉
默默滋養萬物生長，默默
母親們總是說：「一個女子」
「必須堅持沉默的溫柔。」

我抵抗，我堅強，我溫柔
我走過母親踏出的小路
卻看見時間帶血的足跡
啊！時間安安靜靜的走過
我堅持，但我不願再沉默

音樂是光，攤開萬物的影子
僅僅只是
只是一次呼吸的時間
我學會為世界命名
為它譜曲——
「總是這樣，日光下
一切彷彿都明白了……」
然而，僅僅只是

只是一次呼吸的時間
我看見我的姊妹列隊
前進，像朝聖者穿過沙漠
尋找那唯一的聲音
代替她們說話，啊！

我的姊妹西比娜只有一枝筆
在每一片凋零的葉子上寫字
寫自己的名字，寫明天
而明天只是一個糾纏黑夜的夢
像世界選擇旋轉的方向
喔旋轉，我們居住於其上的巨大銀河
從白晝到夜晚，從混沌到文明
重複著光明與黑暗，創造與毀滅

（然而我在哪裡？）

我知道偶然與宿命不過是一首歌
交錯進行的段落，也知道
每一個音符各有定位
等待成為一曲盛大莊嚴的交響樂
（而我不願再繼續了……）
我一個人唱歌，一個人
想像有什麼正輕輕
靜靜，滲入我的身體

我聽見宇宙最單純的母音
正持續大規模的侵略
萬千星辰如音符重新

排列，交纏成複雜而深邃的旋律
引我去向那裡，啊！
漫遊是一首歌邊走邊唱
再也不必憂慮何時抵達
我可以自己整理行裝，自己出發
也可以在微風天裡坐下
等一個人，若我願意

我會回到那首歌，譜上和聲
讓歌聲敘說兩個不同的旅程
說命運只是一本大書
記載無數巧合的故事：若我願意
若我伸手輕輕，靜靜
這世界將從此向我打開

一首歌流動在我的呼吸裡
而你哼著和我相同的旋律
閃閃爍爍，向我的一生走來

醮

生活在這座島嶼上，我們最想問的一個問題是：「信仰是怎麼變成神話的？」它清清楚楚發生在我們眼前，但我們不知不覺，懵然度日，然後一切變調，我們被任意操弄而不知所由。而真正的原因是：我們並不記得。因為我們只知道當下，卻讓現實的混沌模糊了真相，也讓自己輕易地陷落在無知之中。「做個有記憶的人！」這不該只是一句口號，唯有記得過去，才能看清未來的方向。

你還記得嗎？
還有人記得你嗎？

黑暗沉落下來的時刻
一切都歸於靜默的時刻
故事在口耳間浸泡膨脹
低聲謠傳遠方有戰爭
他們似乎已經遺忘
但是我還記得

黑暗沉落下來
但沉默不能平息這暗中的騷動
你——仍然在這裡嗎？
仍然能聽見我的聲音嗎？
我仍然能聽見那聲槍響
射穿了流血的暗夜
騷動偽裝成不安
倉惶的人影還在門外徘徊
「孩子，不要發出忍哭的噤聲！」
但我早已忘了淚水的滋味

流淚，也會有聲音嗎？
溢出眼眶的悲傷是不是

也會像潮水一樣夜夜湧漲
翻轉成無以名狀的憎恨？
寂靜的恨意吞噬信仰
再也沒有一方土地可以安身
只有流浪，只有流浪
把自已流放到
沒有記憶的國境

但我們不是仍然相信嗎？
相信愛，相信希望
相信一切都有解釋
所有付出都能得到報償
受傷的都能得到安慰
但你看不到理想的星辰

如何墜落了，黯淡了
如何變成一句話寫在薄紙上
反覆地擦了又寫，寫了又擦

我只願意記得你
逝去的，都回來吧
回到一場安靜的夢
因為夢終究比現實更清楚
天地四方即使廣濶都無可留戀
回來吧！當黑夜降臨
讓我用靈魂的供祭安慰所有的逝者
就像安慰所有的盲目的生者
回來吧！東西南北都不值得你停留
只有我的記憶是你永恆的居所

因為記憶讓我們找到彼此
如此完整，如此地神
魂兮歸來！

一個有信仰的股市之神的心聲

島民往往也是鄉民，對於盲目的金錢之流有著無比崇敬與渴求之心。然而愈是追求，我們愈是感受到其中隱含的諷刺與矛盾。這個病態的世界所宣揚的經濟增長，其實無關乎物質生產，而純粹奠基於所謂的「信心」——因為相信，所以欲望，然而在那背後等著我們的，卻是無量下跌的深淵。

而如果我們換個位置，換個身分思考，那些誤導我們做出判斷的，所謂投資家與名嘴們，如果他們自有其信仰，他們會說些什麼、想些什麼呢？鄉民與名嘴之間，又將激盪出什麼樣的火花呢？

我一直以為我會住在有線電視
最邊緣的頻道，直到世界在崩盤後倒退
至最初的混沌，和公平
雖然先知們一再告誡，一再訓勉
教我知道總體經濟層面的增進實有賴於
大量的不確定散戶的熱情參與，我

仍然無法忘情那些明亮而寬敞如天國的場所
他們豈知道虛擬交易的重要性？
帶著小數點的數字可以在帳戶之間跳躍
在電子面板上閃爍，在每一顆
渴望富裕起來的心靈裡，許下
比流淌奶與蜜的迦南更誘
人的承諾，它們支撐世界的運轉
如同我講述它們的運轉。我喜歡
99年的夏布利白酒生澀的礦石味溶化貝隆生蠔
而遠勝乎先知們許諾的牛奶之醇厚
我喜歡穿著亞曼尼合身的剪裁
讓絲緞與嫘縈包裹我久經鍛鍊的形象
向群眾宣揚大盤走向，在電視上，宣揚
奉獻的價值且勝過使徒的書信。在攝影棚

我喜歡望著陡然亮起的攝影機的紅燈
傳遞那些比十誡（於今想起來似乎
缺乏證據）還真實的利多消息
在一些名字刺激投資的頻道
主啊，我傳遞所謂的知識
——啊知識，知識就是我脫口而出的真理
可以濃縮成薄薄幾張冊頁
傳遞，被不同的封面包裹
在主日學上日復一日地讀誦迴響，可以
擁有各種身分不同的口號，在此岸
與彼岸的各項慶典上，讓多采多姿的口音
異口同聲地大聲吶喊，彷彿祈禱
——啊祈禱，祈禱不僅與祢同在
更與現世的富足同在

他們渴望一切住民皆富裕
如經上承諾的國度
卻不知道我已經住在這裡
在選台器的按鈕常常錯過的角落裡
實踐（於今想起來已經不證自明）
那些還要加註在你書中的誓言

新古典主義

在一座老島嶼上，一個新的時代即將到來；在一間老學校裡，一個新的典範正在成形。我們是理想的，我們擁有實現希望的可能。

人們總以為這一切需要付出龐大的代價，必須捨棄一些什麼，接受另一些什麼。但老島嶼仍在，老學校仍在，當我們回首望見自己的青春，我們將會發現它仍在我們的心裡，給我們力量與希望。

因為下一代正走在我們曾經走過的路上，我們必須點亮燈火，當一個稱職的引路人。從此，老紅樓有了新的夢想，在新時代裡，隱隱的放光。

在老天空裡貼上新的雲朵
在老教室裡唱新的歌
我們的故事從這裡開始
我們的青春總也不老

我們是同一片天空下的不同風景

同一首歌裡的不同段落
我們是不甘寂寞的說書人
用最年輕的聲音
為老故事編造新的情節

我們用一百年的時間
建造了一座對抗時間的堡壘
用時間遞給我們的磚瓦
層層疊疊，建造我們形而上的教室
在這裡，我們傳遞一切老知識
並且歡迎任何新的可能

我們在老書架上放置新的經典
又在嶄新的字句之間

添補長滿青苔的註解
讓今天與明天，現在
與永恆，在這個重複錯誤
又反覆修正的時代裡
嘗試混血與融合的老把戲

我們在老土地上種植新的生命
發芽，抽長，開花，結果
在流離人生中預約下一次的美麗：
出生，成長，磨礪，發光
彷彿我們不曾離開
因為記憶總是從這裡開始
走出去的，此刻總要回來

因為我們總會回來
在老窗台前點上一盞燈
在每一盞黑眼睛裡點上新的光亮
一個永不消逝的希望在我們手裡
我們的青春總也不老

戰爭的藝術

在成長的過程中，我們往往對這個世界抱持著強烈的敵意，似乎所有人都懷抱著仇恨的眼光來限制、約束著我們。我們排斥溝通，抗拒他人對我們的關心，彷彿戰爭中相對的敵人。但實情真是如此嗎？我們不是依然藉由現代種種的科技、發達的網路，尋求相互的理解嗎？往往徒然。生活在巨大矛盾中的我們，淹沒在無意義之中的我們，究竟想從中獲得什麼？

我終於知道戰爭的要訣乃在於
長期的練習、更多的專注譬如
隱藏自己——譬如這個夜晚
如同曾經的每一個夜晚
我從白日的戰場上歸來
回到另一個沉默的戰場
靈敏地避開家人窺探的眼光
（千萬要記得避開因為

跟隨探照燈而來的那些槍響
將對生命造成無比威脅）
像一名哨兵匍匐潛入自己
隱密的堡壘：我在人間設置的
前進基地。我於是打開視窗
試著舉槍瞄準，準備狙擊——
一張臉是一本書，用生活的囈語
標示密林當中的小徑
（敵軍往往由此路線發動偷襲
必須格外注意嚴加戒備）
一個格子藏著一個部落，原始的心事
在此交媾著文明（摧毀有生力量
是這場戰役的最高指令）
唉！性是少年推特的煩惱

我用破碎的語句設下重重
通關密碼，欲迎還拒
期待有人能夠抵達我陰暗的內心
告訴我you, to be you
要真誠地做自己，秀自己
但那豈不是更深密地隱藏著自己嗎？
面對沉默喧囂的世界可能
藏有的危機，我學會無聲地說
無聲地聽，無聲地爭執
用文字的炮火攻擊每一個
可疑的鄉民。這是戰爭
透過學習，我於是明白
自我與槍火之間的辯證關係：
齒牙未必能咬住事實，而子彈

卻可以擊穿事物的核心，流出
汁液，殷紅如血，味鹹如淚
譬如，某些清晨我在被枕間調整
憤怒的仰角，意味著某些信仰
等待著發射的時機。而在某些黃昏
我選擇擁抱自己的疲憊倒入
積雨的壕溝，放棄溝通
像一名安眠的亡者。因為死，
所以能成為王，擁有解釋世界
唯一的權柄，永恆的抵抗……
我知道止戈可以為武，流血
可以成就革命，但我不明白
戰爭過後，和平要如何降臨
如果我的心成為荒涼的廢墟

而重建似乎遙遙無期？如果我
毀滅世界，也被世界毀滅
我……還能擁有什麼呢？
除了虛無而專注的，戰爭的藝術？

第四輯

明朗

瓦倫西亞

明天我們要去瓦倫西亞
親吻一名佛朗明哥女郎的綠裙

綠色的裙，金線和荷葉花邊
捲髮的黑膚男子不是鬥牛士
我們走進陰暗的小酒館

疲憊的臉頰，沮喪的鬚茨
嬝繞的劣質菸草和酒精
我們走進發黃的小酒館
我們不是鬥牛士

女郎艱難的舞步在髒污的木質地板上
踢躂響亮，如同十月的槍聲
在遙遠的地方革命偽裝浪漫
在更遠的河谷我們製造愛情
女郎不是鬥牛士
淺淺的滾石杯中長出龍舌蘭

旋轉的眼睛不是鬥牛士，小羊皮的舞鞋
不是，鬥牛士，龍舌蘭不是鬥牛士
漲大的舌頭不是鬥牛士火一樣的舞步
無關於鬥牛士在瓦倫西亞的小酒館

沒有人在聽別人說話沒有
沒有人見過鬥牛士

唐·巴斯瓜雷

某人忘記了家族的榮耀
他醒著，作一樣的夢
某年某月某日發現情婦另外有了情人
某時某刻妻子生下六隻眼睛的女兒

某人向教士詢問上帝的意旨
卻總是得到這樣的回應：
愛你的敵人
如同他們一樣愛你

他於是苦笑
假裝自己是清晨死去的音樂家

聖家堂

總有什麼還沒完工的部分可以讓人參與
一塊破碎的拼圖順勢落在磚瓦之間
我們拾起拼圖如同拾起一枚胸針
輕輕將它別在發燙的領口

朝聖的情緒瀰漫在我們四周
十年後面跟著另一個十年
空氣纏繞舊日的微塵
血液燃燒同樣的熱情

鴿子降臨廣場接近
行人遺留的麵包屑

我們走在燦藍的天空下
鐘聲覆蓋信徒的肩頸
皮膚裡流動的安達露西亞

橄欖樹

綠色的陽光洗過的天空終於
璀璨，無瑕如同你夢中
或許不可再追憶的場景

對話擁有各種層次
一種你和她的
一種她和日記的
乃至淚水與風，黑髮
與冰涼的手指

你們在泥土的呼吸中睡去
熟悉的詞句又來造訪

故事始終無解
證據仍然薄弱
法官遲遲不肯宣判
時間生根發芽

橄欖樹，有人需要流浪
宿命是你腳上發癢的霉斑

再致舒曼

有一段旋律我依稀記得
有一些琴鍵我能夠跳躍
有一雙手掌我淡然放開
如同握住它們令人釋懷

有一個夢我緊緊抱住它
有一朵蓮花我將它含在睫下
有一尊佛我放在窗前
用秋末的雨水輕輕澆灌

有一個音符我用心跳誦唸
像一顆星星用一生仰望

我在嬝繞的香煙中祈禱
另一個和弦在遠方安好

沒有戰爭被我們觸碰
沒有舊愛被我們想念
此刻我將獨自啟程
尋找前生曾經徜徉的伊甸園

冬日午後的史特勞斯

沉睡前如此安靜若死，歌聲飄飄
布滿窗台一方小小空間
陽光與風接耳相問昨日之前
曾經來去無數的腳步聲響
此刻究竟到達何處，此岸或者
無法回頭登渡的彼岸遙遙？

如此安靜，小小的房間裡
攲側的枕上置放並不安穩的夢
一轉身
故事情節竟開始重組
我們不再是焦急的旅人

音樂跳進自己流動遲緩的長河
隔水相望，我們與我們的靈魂
觀視彼此眼中深藏的虛無

吊人樹

空氣晃蕩，你在枝葉之間
用全部的力氣試圖閉上耳孔
像放棄身分與尊嚴，在肉體之外
尋找植物的祕密生命，讓心靈
固化，泥土是你的母親

日影晃蕩，你在枝葉之間
呼吸，思考，哭泣失聲
某個下午，當你抓緊磐石的根
遺忘了親吻土地的方法
乃發現身軀懸垂，在微熱的枝頭
如一顆早熟的果實低首

那時你是否戰慄
沿著微風的紋路放送無聲的吶喊？

四季晃蕩，你在枝葉之間
諦視衰朽種種如隔世纏綿
心情偏如年輪艱難滾動
乾枯積累，一圈一圈

夜歌

這一夜
他們與死亡擦身而過

隔著凝露的鐵窗他們在泛潮的地板上
畫上自己的形象，面孔模糊如神
想像因為擅自操弄他人的生死
所以被放逐的命運，而今
也有了歌唱的能力

歌者是誰並不重要
沒有人在乎錯亂失序的曲調
音階多於平均律

概念遠離巴哈的世紀
被擾亂的生活有如不可測度的池水
終將恢復平靜，這一夜
他們告別了預設的自己
獨自前往不存在的伊甸園

橋上

我向西方望去
夕陽吸吮島嶼的乳尖
遙遠的山脈裡流出一首著床的歌
曲調裡盡是發狂的龍茅與衰弱的葦草

七腳川，吉安溪，荳蘭橋，仁里橋
我向西方望去
語言碰撞出的火星閃閃爍爍
點燃誰的熱情都不要緊

我向西方望去，向北向南
狹長的夢土是島嶼的乳溝

腳底下有微弱的心搏
我傾聽半個世界的黑暗

我向東方望去
那裡有更深廣的寬容
潮汐有信
海洋是悖德的子宮

在荳蘭橋下

子在川上，我在橋下
橋上的中華路通往你住的舊街道
蜿蜒的時間沖刷我崢嶸的腳毛

逝者如斯夫為我洗腳，七隻腳
兩隻我的，四隻牛的
還有一隻送給堅挺的橋

從這裡到那裡，從我住的山腳
到你在的街角，為了城市的活力
日日拱起肩背刻意製造高潮的橋
是否也會疲軟地抽離島嶼的懷抱？

我聽見那慵懶而細索的呻吟，於是下橋
撥開發狂的龍茅和勃起的蘆葦洗腳
沙洲上的黃牛悠閒地喝我的洗腳水
又將歲月吐給老神在在的太平洋

車次南濱

沒有人會懷疑這是一灣乾淨的海洋
沒有人會，沒有人可以否認他們曾經來過
擁抱細石凌亂的灘岸，灘岸是他們的搖籃

我爸爸曾經騎著野狼125載著四個人
到更南的南方，更東的東方
載我們去擁抱消波塊
粽子型，丁字型，工字型
工程師們總有更精密的技術更高深的理論
保護我們的風景，將它們藏在灰白的水泥後面
留給我兒子的兒子，的兒子兒子孫子孫子

我要告訴他們關於夜市的身世
年齡跟我一樣，歲月同等滄桑
我們可以一起吃著烤小卷，唱卡拉OK
跟流浪的商人們一起把情歌送給打飽嗝的垃圾堆

七星潭

謠傳多年前曾肆虐的海嘯困擾著年輕的詩人
「該不會是因為誰把星星傾倒在這裡吧」
他到處詢問，作著不擅長的考證
用半個世紀的生命追溯這片土地的身世

他被數字困擾：「為什麼一定是七顆呢？」
夜裡輾轉反側，想像一則遙遠的神話
天頂的大神把燦爛的星辰沉入海底
任誰看了都要稱讚這是一片光輝的海岸

放上緩丘，放上岬角
放上多石礫的沙灘和防風林

在那本大書裡祂細細布置
在鮮明的夢裡他反覆思索
關於意象的種種可能，他思索
而忽然就驚覺這應該是詩
匆匆起身書寫，抬頭遠望
銀白的秋天已鋪滿了整片海洋

過立霧溪口

——擬泰雅族搖籃曲

1

抱緊你的孩子，女人，像抱緊你的信仰
不要貪看頭頂上斜射的半片日光，不要
不要偷聽海上漂來的海浪的歌，抱緊你的孩子
你的孩子是泰雅的珍寶，不要讓鬼魅奪去他

用你的襁褓包緊他，用你彩虹的襁褓
讓太陽睡在雲裡，走你長長的路
你的路太小太窄太危險，獼猴也會失足

走你的路，像木梭穿過織密的經線

讓你的孩子排列屬於他的花紋
他會像雲豹一樣矯捷，像黑熊一樣強壯

2

請你們細細照看，祖靈啊！照看我的孩子
天神用利斧劈斷這座島嶼，你們在神的腳下
鑿開藏身的裂隙，看！這是巨人的腳印
他們曾經在這裡征戰，在這裡死去

請你們細細照看，鬼魅蠢蠢欲動
他們隨時都會伸手，解開我腰上的結
他們要建起長橋前來，襲擊你們的土地
他們要建起長橋前來，偷走我的孩子

不要讓我的孩子流離，不要讓土地崩解
請你們細細照看，鬼魅蠢蠢欲動

3

讓我聽見你的搖籃歌，媽媽，讓我作夢
祖靈們會在睡夢中安慰我，教我安靜休息
我們已從山林撤守到這裡，居住在這裡
像籠中的飛鼠垂死，像離水的魚

當我離開他們折斷我的翅膀
奪走我的黥面，卻給了我新的名字
媽媽，我們沒有憑藉，只有模糊的臉
讓我安靜的休息，媽媽，抱緊我

讓我聽見你的搖籃歌，讓我作長長的夢
教我輕輕哼它，媽媽，當我還能記得……

必要之快感

逆溯回流，我們循著陰溝管線
向前探訪自己隱微的身世
我們的來處像是花瓣包覆多絨毛的
花房，並在其中增殖繁衍
如病菌散布他們的子孫
舔食神祇遺落的血色污漬
那些進入以後橫生的事端像是
雨夜輕微的地震搖動我們的床笫
使人落淚，使我們忘記了曾經發生過的種種
不可告人之祕，窺視與撫摸
並且就這樣迷失在黑暗空洞的室內
感覺一隻貓無聲逡巡

大部分人的故事僅僅只是一場燈光下的演出
我們在黑暗裡彩排，與一些陌生的演員
耳鬢廝磨交談如晤，開始另一重社交生活
赤裸奔行的結果是更多的赤裸，我們用大量的語言
營造月光吸蝕感官的幻象：羽毛飛行
在微溫的脣瓣上隆起的乳頭間
刷洗我們罪惡的名號與瀆神的封印
手指落在寂靜的股間帶領世界一同扭曲
舌頭重複辱罵與嘲諷成為溫暖的愛撫
眼睛不再探看顏色與表象的肉身
視線如劍刺入斑斕柔軟的盔甲
肌膚竟然潰爛化膿，從孔洞中
流出淫靡妖惑的音樂、呻吟或嘶吼：

我們仍然要歌唱，即使這些只在意識的底層
蠕動，像一隻蚯蚓緩慢鑽探道德的限度
我們仍要在日與夜的交界汲取混沌濁氣
釀造原始大地生殖不息的律動

啊我們的快感藏身在孔竅的底部
在那些卑微的欲望背面
探首，像透過星星的彈痕
臣服於白晝的巨大的光

荒原的祕密

植物茁長非常，荒原的祕密
隱藏在字句之間的根系
被切割錯置的美好宛若黑暗中盛放的玫瑰
香氣如血液一般流淌
迷夢荒遠，被遺忘的我們的人生
像是世界底層一則冰封的預言
為了辨證自身存在的真偽而苦惱
為了那些說不出口的話語，無法實現的承諾與責任
進而扼緊我們呼吸的欲念而苦惱
眼睛相對著眼睛，眼神逃避著眼神
為了過度反應的熱情與冷漠，被描述的體制
以及白天和白天之間我們賴以躲藏的縫隙

那樣日益壯大起來的苦惱而苦惱

荒原上茁長的情欲將我們裝扮成暗紅的火焰
風假扮風，雨假扮雨
檸檬偽裝成為哀傷的刺激進駐我們的鼻頭
於是呼吸含著深深的感動
蒙蔽所有人的眼耳鼻舌，六根六識
但我們仍然懷抱著胸中日漸滿溢的絞痛
彷彿我們從來不曾醒過，一夜一夜
追索屬於我們逝去的時間

生死歡快，唯一痛苦的是過程
倘若我們無法再見到迷濛的星光
飛行與航行，且讓我們觀望

黑夜邊境永不來臨的黎明
如同不曾離開的荒原在我們背上留下的烙印
那記號，深蝕入骨，著筆成傷

恐懼

如今我們被包圍，寂寞的航程
遠方是神祕主義盛行的大陸
宗教、巫術、信仰和梔子花
愛情被謊言和解釋包裝

寂寞的航程經行海島
男人和女人用一千種姿勢性交
少女狂亂舞蹈投身火中
焚燒的影子占領黑色的海港

青年們赤裸著摘採海芋
雙手在水中抖落泥濘

歌聲如酒他們短暫地相逢
在彼此臉上看到如此熟悉的神情

蛇群自遠方游來，夢在波濤中積累
恐懼被自私壓縮，身體模擬語言
每一隻眼睛都看見求愛淫猥的話語
感官對應感官他們發現
日光如此強烈，陰影下
浮動大片的黑暗

他們尋訪靈魂但遍尋不著
時間刻劃肉體的年輪

未曾被遺忘過的真實

陽光偏斜，從全新的角度
熨燙頸背微溫
青春臉容，老師說
這是二十歲少女的身體

整個整個夏天我們以性騷擾
的陰影遮蔽刺目炙人的日光，整個
整個夏天：足不出戶

宴會上那些肢體碰觸的聲音
如彈跳的音符，如脣吻
如安靜的手指在陰暗中

撫慰動人的花朵

當我們決意控訴裙襬上的腳印
謊言遂如蛇腹遊過溫柔的腳背
進入那個沒有窗戶的房間
安靜生活

肉體證據

在我們發現植物的心跳頻率
重複控訴的符碼之前那螢幕
開始播放性交的情節，大肆喧鬧
插入的次數多寡代表運用語言能力的
高超程度以及掌握故事情節的權力
分布位置其實控制在我們身體上的某一點
在那一點時間被壓縮成歷史而我們
都不存在

直到多年以後考古學者來挖掘意識底層
積淤的泥屑才偶然取出遺落在彼此
胯間的頭髮基因與基因中潛藏已久

錄製的祕密，那聲音迴盪在空氣中：

「我其實其實根本不愛你……」

我不在北城

我並不在北城，所以
無須浪費力氣去想像我
昨夜的性愛與陌生男子的姓名（報告大綱
或其他有關注意事項，明天一早
還要開會和面對噴口水的上司）

我並不在北城，我在
稍微偏南的地方看房子
看山看水，看一些祕密進行的
拜物教的儀式。左手擁著乳房，右手
撫摩指天的高塔，幻想下了一陣高潮的雨
新的公寓在十三層的頂樓

不想要小孩的，不要拿小園中摧折的
不知名愛情的花給我
我並不在北城，不在你心中認為的
安全所在。下班以後喜歡小酌一杯
煙塵音樂相互較勁的酒吧以及
耳語言談虛構架設的身世
黑暗的室內恍然開闊的宇宙

昨天的種種跡象都在告訴你
我並不在北城，雖然你
總也不肯相信
如同你並不肯承認我其實
並不是你的女人

身體是欲望的城堡

身體是欲望的城堡，凌晨三點
開始攻堅，所有的炮火
如同黑夜中展開的儀式
燈光微明，床第微溫

身體是欲望的城堡，凌晨三點
雨意瀰漫所有戀愛的可能
為了抵抗一些日漸茁壯的
排放銅屑，宣告占領

身體是欲望的城堡，凌晨三點
打開妝鏡，讓猙獰的面目飛翔

能飛是好的，不飛
當然也可以，可以
控訴，那只是為了告訴你
身體是欲望的城堡，凌晨三點

繭居

閉上光線的我們的窗
植物一般生長的黑暗慢慢
攀緣，離離垂茂
我們的窗沒有顏色

靠在裸露的手臂上那玻璃
沾染憤怒的鮮血流下
在不斷拭去的時間裡重演另一種
被叫做寂寞的緩慢

彷彿也是成為植物以後才能了解
窗門坐守在我們周圍像是

張開眼睛的獄卒悶悶
喝著已然老去的酒液

窗門坐守在我們周圍並不言語
我們再也無法與之交談
空間是他的軀體無法穿越
被遺忘的背面印象便是自由

然而我們再也記不起曾經發生過的逃脫
有人大聲狂喊如同瘋狂
有人則在見到自己的容顏以後
緩慢閉上眼睛，如此寂寞啊那表情
我們坐守在窗門的裡面

我們靠著黑暗向外窺視
一群又一群的文字奔行迅速
在迷失方向的街道他們喁喁
寬容的話語，此刻我再也說不出口

錄影

過強的冷氣，過於蒼白的
流離人群將他們的雙手張開
於燈光下抹去戀戀情深的痕跡，如血的凝固
欲望變質，依序褪色

還有什麼能夠保持他們原來的彩度？如果
視線不過是光影的魔術，季節過去
思念即必深藏，如回憶在水流中漂洗
掏空時間的成分與落難的歌詠
我們還能否看見聽見觸摸得到
那些被信念緊緊擁護的神情

原諒我們完全無法確定的部分
因為我們必須舉手，必須微笑
必須把窺視當作交媾
做一個稱職的ＡＶ女優

影子和影子交疊

我們的遊戲性質驚悚，轉身
可以找到去年留下的傷口如同昨日
你給我的擁抱和舞姿，十分相像

愛欲如潮，沒有一種成分可以公布
在你的脣齒之間因為雙足
尚未停止它們的探險。燈光下
展開不曾遠離過的熟悉地圖像是
說了一百次的童話故事美好的結局
輕輕貼近你的心房改變心跳頻率，啊！
完全的理想主義者永遠的歸宿

最後一擲，所有剩餘的賭注
下在你我影子交疊的部分
用種種誠實的舞蹈告訴彼此身體的旋律
就在我們失足的機率中……

戀物癖

只是為了確定自己的心跳
選在月蝕之夜使用檢索系統
搜尋自己的細節，一字一句
慢慢咀嚼點畫以外的汁液

頭皮屑是我的書寫，眼屎耳垢
則是你的影音輸入我的成果
指甲縫中藏有每一次觸摸的印象
那些細微的證據。甚至是精液的腥羶
都有我未曾說出口的話語

你聽見了嗎？過多的呼喊

落入日記的文字之中
成為抹不去的符號，而我
依舊在月光下吸吮自己的骨頭
電流來去，轉眼
沒入另一重高潮深處

螺旋槳

準備飛行，從港口
到機場之間是一道濕黏的
航線，分屬於兩個不同的大陸
沿途充滿種種隱喻暗示或者
禁止進入的法令。旅行者
（大概就像是你我這樣的人）
無法預見的種種危機出沒在
潛意識裡指引你的臉部肌肉運動
有人說，那就叫做飛行

飛行前的旋轉是必要的，那聲響
像極了昨夜聖靈降臨你的禱告

在你開始了解到神的重要性之前
請記得潔淨身體，擁抱自己
並且要求一種打破禁忌的力量
大聲地說，阿……門……

船艦

降落之後緊接著要航行，用你
小小的暈船的技術出發往浪裡去
前後左右你迷失方向（我也是）
僅僅感覺高潮低潮以及海的韻律

沒有固定的港口，我承認
我以肉身搭載的政客也承認其實
並沒有所謂的政策對應於可能
隨時改變的姿勢，高的低的
深入一點淺白一點甚至是
完全無關乎痛癢，我們只是在航行

在兩個搆不著邊的岸間游走的你我
並且以為輕易獲取的快感就是這次航行的最大意義

流體

出現於底層的心情是使用後
輕易捨棄的片段，你進入
成為我的體溫而急遽下降
抵達冰點的時刻出現結晶
不可分析。不明顯。不清楚

使用後的沖水對於衛生的重要性
如同在電話中溝通。我們模糊的語調
像是紙張擦過肌膚的聲音沙沙
掉落一些纖維，你伸手
推開寒冷的大門看見液體沿著街道流竄
恍如逃難的極弱音在譜上

跳動，跳進漣漪的中央
還有一絲絲懷念的意味

反正都開始變形了，滿溢出呼吸外的
都在叫著，反正都嚎啕了反正
站在馬桶的前面就是要排泄
任下水道去生養它們的污穢不管是沒來由的
或者是我們昨天吃下日曆的分泌⋯⋯

仙樂風飄處處聞

我們才走過了音符的街道，轉頭
卻被晦暗的天空襲擊

在昨天，他告訴我們一個故事
關於背叛和氣味，一點
聲音和雨水的結局
有一張小小的咖啡桌以及
多重認證的身分
其中一項是喉嚨

我們輕輕把傘收起，看見光影錯落
塗滿方格布的桌面，拿起筆

悄悄完成一張填字遊戲
把一生也填在其中

對於瓶中的玫瑰，請隨手
摘去了過期的花蕊
我們唯一不能容忍的是
那些都是昨天的音樂

七月七日長生殿

愛情並不等同於把記憶
換成另一層皮膚，我們的雙眼
只對另一個人負責。他們說
那是自己的影子

我們的背上負著所謂的歷史
一些文字記載或者其他
當霧起時
濛濛的音響告訴我們彼此的歸路
客氣的請我們把帆纜繫好
我們要在城市裡面航行
依據的是一張你曾經來過的海圖

那些被我們稱作島嶼的其實
都是你的心情
我在每一個可能的港口停留

沒有太多的往事
我把貝殼放在你的門前
假設你能聽見
當霧起時……

漁陽鼙鼓動地來

而那一切總是在邊界上開始
以一種淒涼的氣勢灌輸著黃昏
落日滿滿，滿滿滿滿的

最接近風景的是火焰，包括
完全不曉得從何而來的信件
書寫關於灰燼的消息，被烈焰
焚過的生命竟是淌血地微笑著
向天祈求贖罪的寬容

最接近事實的是廣告欄
最接近我的是許願不成的流星

最多的是夏天夜裡的蚊子
最慘烈的是空白，以及完全的
距離，那存在雙指間的……

黃昏了，拿一瓶酒
奠祭往生的愛情……

驚破霓裳羽衣曲

神的話語總是被忽略，我們的
日記裡也夾藏一些
枯萎的花瓣，風乾的
淚水，完全無色無味
無悲無喜的生活
也有一點溫馨的時刻

是什麼時候呢？我想起
開始逃難的日子接近你的肩膀
而那上面飄著一縷髮絲
你說頭髮是用來記憶
蝕刻我左手的霜雪

而霜雪是不可知的鮮花冰冷

神的話語總是被忽略，當鏡子
送給我們和平的反像
戰爭將至，日記的火焰再起
文字的邊緣是淺淺的唇形
以一把刀的堅決向我披露屬於
交談帶來的血痕

無所謂，最後你就這麼告訴我
在夜了之後，日了之前
時間還存有多餘的體溫
讓世界運轉出巨大的聲響
濕過日曆上的數字

六軍不發無奈何

我們的身軀僵硬，頰上有雨
對星辰也只能無語望之
把自己望成一株青草
讓所有棲止過的時間都踐踏在上面

我們確然沒有語言
因為我們在時光的間隙中睡著了
雖然我們仍在趕路，仍然
為了明天的衣食而擔憂
股票是漲是跌，匯率是升是降
就連政治也要軋一腳
把種種虛偽的笑容貼到我們

疲累但是無知覺的雙腳上來

而那一切都與我們之間無關，在你的
雙手捧著花束走向另一個夢境的時候
我們的植物生活才剛剛噴灑了農藥
像一杯加糖過度的瑪其亞朵

啊，完全的冷卻
如果你曾經來過的話
你腳邊的植物會告訴你這些

宛轉蛾眉馬前死

死吧死吧，如果月光能像最後一首
聽不盡的曲子，還不如就潛入永恆的寂靜
而我們便能捉住那燦美的高音

美如死亡，你的預言始終頂著花冠
在已經離去的春天裡到來
像是風雨永不曾歇息，永不會
脫落他們臉上輕薄的面具

灰色的風雨，你說過的地址
座落在雲霧的上頭
死吧死吧，如果你還堅持的話

就讓雨水洗過我們的背脊
死吧死吧，我已說不出原因了
而死亡，終究不會開口
總也不能夠……

夜雨聞鈴腸斷聲

若伸手能摘去窗前那一段鈴聲
就為我摘去吧！山的過去
同樣也懼怕些許聲響打開
樹的記憶，但現在不是
一條長路迢迢為左手展開

張開手是沙漏，握起更像
誰能了解醉後的高歌？
清醒的原因是不滿，醉了
也一樣，乃如沙漏般流去眼淚
直到衣服被汗浸濕

直到所有的聲音都被風乾
連影子也老去，那一段舞踊
或許將會輕盈躍過窗前
彷彿遺忘……

山在虛無縹緲間

蜿蜒通向你的小徑青草蕪生，微微有霧
越過印象中的足跡而來。歲月湮沒
盆地嘈雜的臉容開始哂笑
當所有的顫慄都發自你，身體的
懼高症也漏出黏膩的汁液
阻撓我的腳步，我不能向下看
不能看因為鞋子有洞滲洩哀戚
濕了半生的影子

舉步維艱，幻想的山林
紛紛有信件飄墜（它們學的是花
以一種伸展的姿態模仿

夏秋之交跳樓的主人）
下降成一組星辰黯淡敘說
占卜過程充滿的不確定性，包括
戀愛，旅行，家庭和金錢
而我不能看見牌面的夢境迷離

說故事的人站在懸崖邊眺望
風速十一級，黑髮拍擊空氣
行囊已棄，疲倦升高
每一次的攀登都是向下的徒然
山峰仍自虛無縹緲但
這個故事很長很長，前面的部分
可能已被遺忘成路旁的青石上面
苔蘚縱橫如淚的行跡是稱作宿命的

沒有終點的循環

我看見霧漸消散，有多餘的吶喊
流盪在空中成微光依稀而前生
留下的句子皆已割裂，我看見
落日已森冷垂在峰巒之外
回首來路無盡延伸扭曲的身影，很長
很長很長，你也在其中

有人告訴我，那是背面
是永遠無法觸及的黑暗……

西宮南內多秋草

問你的居處乃在川上，一川高粱
醉過多情欲界眾生源遠流更長
都是衰草平野外的天色

問你的居處你說乃在
酣眠的白雲間，日光陰陰
你的哀愁也陰陰降下
把四外籠成昏昧的晚秋

問你的居處並不正面回答
就傾斜地刺進枯萎的花園，使用情緒
以及其他不能掌控的反射行為

在我抬手的時刻大力打擊腳脛
該放手嗎？月亮已經代替你的眼神親吻
我霜雪的脣際。那代表什麼？
婉轉虧蝕，婉轉說明，曲曲折折都是你
綿密的迴旋之歌，步履與步履之間越來越長
長到不思議不計量甚至不可勝數不可說，乃至無老死亦無老死盡
停止
你終究沒有說明

問你的居處其實並無他意
說了，也不能改變什麼……

此恨綿綿無絕期

再多說也是徒然，再一次
就是來生了……

對酒無歌，對什麼也沒用
煙霧濛濛把大腦迷成微微
喘息的心跳發熱。這時候
哀嚎最好，也只能如此
案前零落冊籍攤開在你
離去的那一夜，腳印帶血
帶了泥沙般的記憶在鞋底
拖著一生蹣跚的詩句向前
像一個沒有陽光的明天

螺旋形的日子吃過砲彈
見過兵戎相征的情書彆扭
還說不清楚彼此是什麼樣子
野火就燒盡了春天的開頭
連躲都沒地方躲，沒戲唱了

就告訴你不必多說，說了
還不如安安靜靜不說的好
只是活著的血液如歌流轉
過血管過全身過了靈魂的中站
超過的部分就送給下一次
前來投奔的人，送給他們
擁抱著啜飲著用力取暖

因為來生是孤獨的，再一次
也只能是一的平方……

嬰島

聽聞你靜默的心跳，午後陽光
如絲線纏滿溫暖的房間
所有的人都睡著了，在冬日的夢裡
試圖溫習存在秋天末尾一些未竟的事
種子們把自己埋進土壤深處
草原邊境瀰漫金色的光，從山的背後
雲朵緩慢升起，均勻敷塗半片透明的天空
吾愛，記得我的潮水輕輕拍打
在你綿長的沙灘，在每一顆沙上
因為我們有小小的，愛的藉口

數算呼吸，一併數算你

微笑的眉睫，凌亂的髮茨
在我們小小的島嶼上時間靜止
每一個明天都安睡在懷中，每一次
當我向昨夜的夢境探首如同吸吮你
甜美的脣吻，總聽見風雨來往經行
在我們多浪的航道，吾愛
如果船隻即將因超載而沉沒
就讓它自在潛入水域深處的幽暗
閃閃爍爍，請用你暈黃的燭光
照亮它，像照亮我們微光的眼瞳

吾愛，夜晚就要來臨了
當你醒來，離開午後的夢境
正是月光在海洋上呢喃的時刻

請你記得我指掌的觸撫，氣息的溫度
那些回溯前生的線索，在我們
新生的島嶼上，我們必須確定
曾經來過，憑藉一張虛構的海圖……

給PH

一雙蝴蝶飛來，從遙遠的山谷
越過河流，草原，和道路
不時以陌生的語言詢問方向
即使沒有人願意給牠們一句回答

在失去星光指引的夜裡牠們棲息
棲息以一種交首的姿勢抵抗漆黑茫茫的四野
飆逝的無定向的風，牠們交談音調低婉
像兩株橡樹搖動交錯的枝枒
牠們在風雪中睡去又醒來，這是冬天
而冬天是殺戮的季節

如今我不再怯於說出口，吾愛
我們都是順服在命運巨足旁卑微的旅人
如果我唱起那首歌你將能聽見燃燒著的祕密
「我憑藉愛，」一隻蝴蝶如是說

那被稱作美的

光芒的眼瞳乃因為歌聲而閃爍，我們舉手
在宇宙的端點呼吸黑暗，那裡有星如海
痴痴垂落你幽悶的髮梢吟哦無解的曲調

我們舉手，舉起一空的仰望
疾疾前進如同朝聖者將沙漠
化成遙遙空間彼端焚燒的苦澀
在所有人都不知道美的時刻
我血銘刻的十誡於是座落在
電視的上頭，要戒慎恐懼
要寫詩要看著一些影像出沒成
鏡中的自己，而你知道他與你　體

同在夢的邊境磨一把水手的短刀

然後是虛弱的意志牽引，你說
「光聽前奏就是一首朝聖不遇的歌」
在愛的音調裡我們拾起化石的眼淚，告訴彼此
這一切，其實，都是因為那被稱作美的

昨天的生之歌

高舉過頂，雙手
指向無助的西方，因為吾愛
你醒來的神情使我輪迴
轉生，一次一次
偷偷讓蓮花們笑成一片

吾愛，你要輕輕，輕輕地躡足
走近我搖籃的床邊
扯落星夜的被枕如眾神降臨的高潮
我在等待
因微笑已轉過身來
抄襲過往的旋律

並且試圖拯救世人
（神呀！我們是有罪愆的吧！）

自昏沉的波浪中躍出，赫然穿破
昨天小小的窗口
請你謹記，滿地的玻璃碎屑
將成為你尋我的警訊
相互撞擊的銹鐵罐，壓鎮
屋頂的輪胎
什麼時候起風？而何時
埃塵貼住了肩背
貼住翅翼？吾愛
陽光剜去了你的心臟
我們只能在黑暗中競逐如馬

甩落淚水如雨，號出悲鳴
如遠雲中震震的雷聲
因為你曾是我，我曾是你
日光終是我們的墳場，而繁花
已開始用顏色為我們歌唱

吾愛，因為它們都是昨天的音樂

昔我往矣

聽聞夜的聲音在落雨的路旁，有光
如你昨日的眼睛窺視折花的舉措盈盈
梳過我行走的長髮，是你背影中的風

我用半生的提琴奏曲，另一半被遺忘
成為譜上就著月光書寫的音符迷失
哀愁的歌劇宛若繁複的文言句式出入你
澹然流水的手，指尖按絃固定音高壓下思念
再一個滿弓就是深淵，你知道
而你一直都知道信件亂碼的內文是我的曾經
帶你無聲走過的路漫漫延伸變形，很長很長

月圓的時候跟著遠方的車燈抖落滿身
破碎的嘯聲。漣漪零落的你說是風
是湖面上輕微的記憶痙攣漸漸失去
撥弄歲月的能力，昔我往矣……

風箏

在你的天空裡飛行的我有著長長的心事，用淺淺的灰色
染過飛鳥經行的地方。在你的天空裡
飛行的我多半時間都在用一種淺淺的語調
說明所有離去的可能都是夢境的原因，多半時間
我用飛行解釋我的日子，在你的天空裡
看著雲朵從我輕飄飄的雙手外流失，我飛行
陽光每每灼人如此在你的天空裡，在我的肩背上
也總是看著星辰改變它們的方向從而沉落
在你的天空最邊緣的地方，向視線的背面

而無法停止聽見你喃喃的耳語，在你的天空裡
在你從來不肯放開的手中一再重複未經證實的記憶

看見

眼睛的不真實在於視覺
捕捉的平面出現你的影像
完全是另一種風情
我們在彼此的耳輪喃喃訴說離別的
情話綿綿，彷彿它也有形體
如你，專心地模仿你的行動
在歌聲中產生你的行跡
四季火焚，我竟也只能焦黑
多餘的就送給孤獨，那是囈語
在你從未來過的地方

在我陰鬱的心底吐絲結網爬行如蛛

如淚珠，我只是在交織一段
雨過的故事，而你怎麼也不能證明
因為你不是我的眼……

地下室

散場以後的小喇叭色調轉藍如夜雨的街道
角落陰暗有人垂首坐在威士忌前面不發一語
電影情節無法回想，服務生猥瑣靠著吧檯抽菸
空氣中瀰漫失去時間漸次擴散的香味

有人坐在威士忌前面像一張遺漏的停格
或者是一段因為失憶而刪除的膠捲
「總之是被遺忘了」，他喃喃
舉杯向留在昨天的自己致敬

酒精中交纏的軀體和軀體，指節和指節
共同策劃一個裸身追逐的遊戲

曾經宣示保守祕密但祕密只是一方
陽光，曬死在黃昏的門廊

欲望如海，如洶湧的潮水拍擊
沉思的小船。有人在彼處流血
還未被證實的謠言刺傷每一雙綻放的耳朵
任何回憶都將是形式上徒勞的反抗

漸漸死去，爵士樂手坐在階梯上低聲哼唱

夏日午後

電話鈴聲響起，他說：喂，你好。對話由此展開，波紋輻射，面狀散布至無限遠的地方。喂喂。藉由文字我開始試探你心中的故事情節大綱，事實上那是零亂不堪的色塊。抽象畫嗎？我推開夢的房間，扭曲的人臉坐在歪斜的室內，煙霧娉娉嫋嫋，散失。

你好你好，喂喂……

回音傳入耳中，夢同時也醒了，濕熱的蟬聲黏附在葉上晃蕩，沒有風，陽光一陣一陣的……

悶

飢餓火焚，你的雙手隱隱
透露燒過的氣味像是沉溺在
冰冷海洋之底部，無聲無息

因為身陷海底，你的熾焰
推開溫暖的可能而固化
空虛得彷彿告別愛情之後一度
重複書寫日記上的姓名，那是三月

接近六月你用沙灘的聲調這麼
說了幾句，當潮水漫湧輕輕
拂過無人的胸臆，有殘餘的熱度

還在你的影子裡繼續地破壞這世界

貓眼睛

白晝需要縫補，用半生的慵懶
奉獻給搖椅上的祖母撫摸
如果有人記得未完成的裙裾那一定是在祖母的膝上
玩弄老花眼鏡，毛線球，以及秋日午後的陽光

我們太過世故以至於遺忘了貓的毛皮
曾經磨蹭日漸泛黃的童年。我們曾經
抓住柔軟的尾巴像一名技術高超的馴獸師
操持他賴以維生的鞭子，甩打與揮動

衰老的虎斑如今在牠的絨布墊上
冷靜觀望一天比一天模糊的人生

而我們總天真地以為世界運轉的背後
必然存在某種形而上的意義

白晝需要縫補，如果縫補是一種古老的行業
我將聽見那秋天下午有針尖穿過布片的呼吸聲
貓在門前的一方陽光裡打鼾，抓癢與翻身
日影中許多細小的灰塵靜靜作著不確定的舞蹈練習

【附錄1】

《冬之光》代序

一

生之艱難，唯愛與死。

醒來時天猶未光，猜想是五點半左右，但懶得翻動手機確認時間，只是睜眼定定看著眼前一片黑，彷彿那裡面有什麼也正自定定望著我。應該就是這樣，那無光的虛空之中必然有什麼正存在那裡，只隔著一片意識的雙面鏡，窺看似醒非醒的平凡人間。一種不懷好意的企圖極安靜地，就在那裡，我知道。

可以感覺到，心跳開始加速一些，呼吸變得急促一些，迷濛的感受強烈了一些，無知無欲的狀態也消褪了一些。然而身體仍舊是癱軟的，每一條肌肉都能放鬆地與床墊枕頭貼合，暖熱仍在醞釀誘惑，要人放棄追索現象與本體之間的關聯。一日之初的矛盾富含哲學意味，但辯證的場域卻在肉體之中。我還沒有真正醒來。

其實抵抗誘惑或者順從誘惑，皆無關乎大局。不過就是活著，不過就是睡著，不過就是死著。各種企圖在死亡面前都要分裂消解，風流而雲散，灰飛而煙滅。所以還是可以睡，應該要翻身過去睡，等待睡前設定的鬧鐘真實響起，開啟接下來真實的一天。

然而之後便聽見細微而持續的，高頻率的響聲，像是電流在迴路裡奔騰豕突，轟撞著器質性的電容與電阻，那樣無可奈何的呼吸喘息，或者說是悲鳴。我猜想那就是腦波的實質性表現，譬如α波與β波之類的。像是調整收音機上的旋鈕那樣，用意志而非意識，控制那微妙的音頻，使之向下半音，再向下半音。同樣的過程重複三四次，身體便再次調整至可以入睡的狀態，神識發生短暫空白俗稱恍神的狀態，接著便掉進睡眠的深淵。

二

再次醒來，天色大明，但由於遮光窗簾的屏障，臥室裡仍舊陰暗無已。睡意完全消退，於是起身至陽台上抽菸。小巷裡違規停放的車輛已然消失大半，人們各自投身於其生活的步調之中，被自己的煩憂糾纏。前夜的雨水猶然積漫高樓之間的空地，柏油路面一片濕濕的漆黑。即使知道水漬蒸發之後，那深沉濃重的顏色將會褪成薄淺的灰黑，但此刻它確實是深重的，重到眼睛難以負荷。一種侵蝕性的力量在人們的腳下，無盡磨損虛耗，一切移動的物體相對於此而言，多像是墨條在硯臺上無力的游移。

無可逃躲，生之艱難。

側頭向右看去，小巷連接馬路的出口，工程仍在繼續。工人們不斷在道路中央的分隔島兩側，以圍柵隔開大大小小的工作區域，並陸續調來大型重機具，以挖開柏油路面，在地底鋪設涵管，且沿此涵管牽引固定各種電路管線。因為工序繁雜，據說這次工程將近需要三年的時間，最多的時候有三個工程單位同時施工，但步調仍極緩慢。

橘色尼龍伸縮風管越過工作井邊緣的鋼套管，向埋於地下的涵管伸去。送風機會將空氣源源不絕送至地底，以供在地下工作的工人們能夠正常的呼吸。幾年前曾發生過工人施工時因缺氧窒息而喪命的意外，因此這種風管便成為地下涵管施作時的必要設備。一條橘色的風管，一架送風機，只要輕輕一撥開關，死亡就在人們看不到的地底。人命危淺，從來就是繫縛在某些小事上。

一名身穿橘色工作服的年輕工人脫去了黃色的安全頭盔，露出底下一頭金髮，在圍柵邊抽菸，似乎正在跟小山貓上面的工人聊天。隔著一段距離，看不見他臉上的表情，只好憑空猜想，那逸散在空氣中的言詞，或許也不過就是生活中的瑣事？陰陰天色裡，那頭金髮格外引人注意，像是某種炫示自身的渴望無處發洩，只好藉由改變身體外貌，求得一種額外的關注。

但沒有人在看，沒有人。當金髮成為生活的一部分，也就意味著淪陷於平凡與日常，所有的心念與想望，都將被遮蔽掩藏。自我成為最籠統的說法，流轉在每一張不願意緊閉的嘴裡。

三

隨手開了電腦連上網路，沒有新郵件，臉書上也沒有訊息。息交絕遊，大抵若此。在這個時代，寄身山林與埋跡市廛，其實並無不同。天涯海角一手機，開機是孤獨與寂寞，關機後是寂寞與孤獨，彷彿世界只是一張景片，用手指輕輕一撥，就能順利切換下一張。其中究竟有我無我，似乎並不那麼重要了。

那麼，我在哪裡？

會不會確確實實，我也只是時間中的一張景片，被他人撥動穿越，拋去無跡？此一想法難道不是以自我為中心，忽視了自己其實存在邊緣的事實？會不會，其實我哪裡都不在？像是繞著原子核分布的電子雲，並沒有所謂的軌跡，而存在的本身就是無盡的懷疑？

如果此刻我關上燈，封鎖隱蔽，讓自己回歸混沌，是不是真能藉由意志的作用，抵達那裡，那個完整的太初，超越於結構或解構的所在？像是某些界於哲學與神祕主義者所宣稱，透過止觀與修行，解離掉意識中物我的差別，還原於事象的本真，必然能夠抵達基本粒子的層級，而意志便能在此作用，得大能量大神通，與天地精神往來，甚至超脫生死三界，究竟涅槃？

這麼說，我在哪裡？我不在這裡，我也不在那裡。我既不存在自己的想像裡，我也不是真實的活在這個世界上，狀態如此曖昧難明——然則我是什麼？

這樣的想法無非令人疲倦，但天已大明，要回籠睡去亦屬難能了。

四

一心可以三觀，觀愛觀死觀生。其中必然有什麼是真實的，屬於超越的可能。早些時間，我習慣用理性詮釋，捕捉事象如捕捉野獸，在生活艱難空無的峰谷之間，剝皮去骨，剔肉風乾，以為活著的補給，調劑因久食穀物而貪婪需索的欲望。但畢竟是血食，終究導致周身疾病，且病之愈深，愈渴望毀滅一切：愛是一種解離自我的認識形態，渴望一切如常，在無我之境依舊安康無恙，那樣的願望。

早些時間我確實是那樣想的，並且以為作用的關鍵在於自私，用雙手環抱自己愛自己，感受自己體內傳來的溫度。世界會在它該在的地方，持續散失能量降溫毀壞，而我們因為生命的渺小短暫，可以如同學者一般，對於實驗極其微小的誤差略去不計——但還是在毀滅不是嗎？

或許是，或許不是。只有在幽獨之中才能發現，像是冬日陰暗的天色裡，舉首望見的微小光亮，抗拒著世界完全的黑暗。像是詩，持續著揭發表象背後，屬於真實的存在。所以我們又獲得了信念，相信即使暴亂無常在下一秒鐘，乘著海嘯沖進家門，但在這個當下，這個不斷分裂崩解的當下，我就是這麼活著，這麼在著。

【附錄2】

《冬之光》後記

我是一個極不用功又懶惰的詩人。我把讀書當成消遣，沒有追索高深學問的恆心；而寫詩這件事情對我而言，只是為了向自己交代，也就不太願意拿出來發表。或許是緣自於某種意義不明的堅持，往往一首詩寫了一兩年，仍然修修改改不見天日。但我始終相信，寫詩一途只能是孤獨的，因為一切對於生活的感受，都是詩人專橫的表現，他只能用自己的語言寫自己的心，寫此心與外物相交接的狀態。用這種說法，我就為自己找到了辯護的藉口。

這本詩集創作的時間橫跨十年，其中有些心境上的轉變。第一部分是情詩，我試著讓語言柔軟可感且具有音樂性，對意象也就不那麼堅持。第二部分是對於此身存在狀態的揭示，有些時候想得深了，語言難免就比較晦澀。
第三部分朗誦詩，是我為了紅樓詩社參加台北市詩歌朗誦比賽所寫，多半是貼著學生的生活，試著表述他們隱而不顯的心情，其中隱藏著為了上台演出的種種設計，包括聲音和肢體，讀起來也頗有樂趣。三個部分，呈現創作的三個面向，也就是我這十年來創作的心情記錄了。

【附錄3】

《明朗》代序——起身

一

醒來，六點四十，天光濛昧，室中亮度恰好呈現諸色膠著的態勢，不能辨物以思，不能思考，頭腦昏脹。摸索著爬起，避開，小心翼翼地，賴床的習慣，坐到寶藍色提花布面大和室椅上，摸索菸盒，大衛杜夫淡菸細支裝，白色硬紙燙金商標，白色有漸層，閃爍如日中有游離之雲氣因而折射了光線一樣，不能確切描繪，也就無須描繪。打開，取一支菸，薄紙上同樣燙金商標，因失去反射光源的角度而發黑，黑字如墨，如遠方尚未被照亮的山脈，連綿曲折，神祕莫名，遙遠的文藝復興被十元一個的打火機點燃，十元火焰短暫照亮臉龐，而後只剩下菸草上的暗焰嗤嗤悶燒，嬝繞著煙。深呼吸，空中出現幾團雲，絲縷相連如出同胞，爭吵交戰，割據眼前這一方空間，又滾滾散失，湮沒，傷感一時並起，細尋卻少根由。

然後才真正醒來。

六點五十起身盥洗，經典畫面重上心頭，迴帶，開始放映，前數位時代是也。那人裸身的床笫有白鴿撲撲振翅，光影驚人，一樣起身點燃一支菸，紅塔山，彼岸銷售第一品牌，與洋菸比美可也。他紈絝子弟派頭大得很，慢動作，用的還是火柴，也是十幾年前該有的環境設定。另一人蜷伏在彼無比幸福，貪戀塵世短暫的快樂，肉欲橫流。然而愛雖能久，幸福卻不是，或者事實上愛亦不能久，兩者皆是空洞心靈所製之幻影，功效勝於腦啡，但毒害也更大。坐在馬桶上排泄，想此生離死別，愛之淪陷，胡思亂想之中，完成一天大事。

身心俱暢，打開電視，晨間新聞女主播聲音好朝氣，昨夜搶案火警槍戰飛車食物中毒件件未偵破，她笑容清新可人來告知，總統適合巡視災區與站台喊話，這裡是個理想國早在兩千年前即被某大哲人確認。有人在看新聞，摀耳蒙眼地看，接受刺激與訊息，又是競逐聲名的遊戲。一支菸坐著看，兩支菸輪流替換燃燒成癮，是誰的習慣，其實並沒有人說得清楚，可能近似於「難得糊塗」，但前提是從未清醒也就跟糊塗沒有太多關係。毫無關係是必要的，當真相已被揭露謊言皆自拆穿，大家都希望毫無關係，因為一旦被列作重要關係人亦即代表很快，在極短暫的時間裡就會改變身分成為被告，屆時無論再怎麼精通於角色扮演，亦只能扮演囚徒，最多加個保外就醫，已經是了不起的成就了。當然一切都是相對於常態而言。

保持常態是重要的，這裡的常態就是沒有早餐可食，只能喝水。水名多喝水，花費金錢喝他們的水，五千西西一大桶，萬不可一次喝完避免水中毒，亦不可整桶抱起對嘴喝因為兩天之後桶口將會滋生細菌，色呈金黃有惡臭，猜是葡萄球菌但沒有根據。所以小心翼翼倒水進玻璃杯中慢慢喝，有時則喝果汁，純果汁自名每日C，要你每日啜吸，櫻桃橙寶石柚紅葡萄，甜得令人生膩，但不喝卻又彷彿缺少什麼似的，一種隸屬於消費文化的悲傷。

再者穿衣，其次整肅儀容，穿著得體之重要一如下午茶之重要，已宣誓不當詩人的詩人曾經告訴眾人周知，十分鐘後出門，世界不會改變，天朗氣清。又是一個新的開始，雖然明顯重複，但未來仍然渺茫無知。

所幸不是預言者，否則一定，一定一定，走上自戕之途，再無回頭的餘地。然而要經過多少次起身徬徨才能了解，此身之寓寄與他人實不相涉，如何隳敗怪捨，也僅僅繫於此心之一念，不假外求。於是提醒自己記得呼吸，記得心臟搏動之頻率，切莫因為厭煩而自行當機，終止程式的運作。告訴自己，世界需要，一顆微小的藥錠，遏止疼痛與憂鬱，終結悲傷，降下美好，如此就可以避免一切看穿真相的舉措對於他人生活造成傷害，共生共榮？

二

其實沒有誰真正了解離開夢境之艱難，其難甚於離死就生，或者捨生赴死。相對如夢寐，在那些無言的時刻，真正發現到自己的無知與軟弱，就第一時間的了解了夢境並不存在，因為它過度擴張版圖，阻攔所有人的去路，瞻望失顧，究竟究竟，是該進入，或者離開？

其實也由不得人選擇，因為根本沒人知道可以選擇，或是如何選擇，因此選擇與否也就成為千古謎團，大概只有千年前一位至人曾經發覺這件事情，西出函關化為胡，弟子說明白了，然而也就死了。

死了也好，看不見世間紅塵紛擾，根據他們的理論，醒者如夢，夢者如醒，等到離開的那一刻，才是真正的起身。若說長久，又何有他事比死更長久呢？那麼這最後一趟旅程，不也就無止無盡，勞苦不得歇息了嗎？

三

謹慎的避開了眾人的觀看，因為在最後的那一刻，並不想被當成演員一樣，仍在為了維持某種形象而作戲，必須把所有的可能掌控在手裡，才是完全受到祝福的人生。稱心如意，隨人所願，不就是幸福最高的指標嗎？但有人愛聽秋墳鬼夜哭，有人卻要多子多孫齊聚一堂，一個命令同聲共泣好競賽孝心，他們說那才是真正的幸福啊！有人希望執手相看淚眼竟無語凝噎，我來不及送你你先送我，我無法再約束你只好先跟你訂下約定多久多久不能把心打開，或者多久多久不可以有人攻占我在你身邊的床位，這是堅貞。有人則要你過得比我好，所以我先給你找好代替我的人，也給你準備好代替我照顧你的保險公司，這樣我安心你安心大家都安心。各種說法各行其是，你的世界並非我的世界，我的世界無法定義你的身後，還是，乾脆就混亂吧。

在一片混亂之中離開或許也是件好事，或者就代表了你曾經存在，即使是投石入水掀起一片漣漪那樣短暫，至少層層疊蕩，像誰說的，有個空洞的聲音。當你這樣懷疑，無法理解存在的真相，任誰的哲學思辨都無法滿足你，在最後的那一刻，尋求安慰的舉措到底有什麼意義呢？

啊！意義！尋求意義本身不就是意義嗎？在最後的那一刻，意識馬上就要棄守身體，奔向寬闊虛無的國度，吞噬一切的黑洞等著要吸納你，一生的努力眼看著就要煙消雲散，為什麼還要堅持呢？為什麼還要堅持著自己的生，無法雙手一張說沒關係沒關係就要啟程了呢？如果不是此生一開始就懷抱著錯誤的認知，無法用這數十年的光陰看破存在的迷障，那必然有什麼在你意識的陰影底下蠕蠕作祟，成為你信仰的中心。那時你還能相信什麼呢？

除了自己，你還能相信誰呢？

疑問太多太多，多到你都無法確定還有什麼東西不曾在你大哉問中栽了跟頭被你逐出可信任的隊伍，正如你所說的：混亂。

那麼，在混亂中離去，或者的確是一件好事。

但你開始覺得，有一點光線隱隱約約從深鎖重雲之中，透了進來。

【特別收錄】

最接近風景的是火焰——閱讀吳岱穎詩集

◎孫梓評（作家）

一

吳岱穎三十歲出版首本詩集《明朗》（二〇〇七）。

閱讀詩人第一本詩集的樂趣，通常，能窺視幾幀此後不易得見的表情。那或許來自青春摸索，或許，把玩著手上的字，還不確定它們應該的形狀。

花蓮長大的男孩，承繼優良詩歌血統的另一面，想必是，該如何繞經諸多前行者，在大洋之濱「唱自己的歌」？十八歲出門遠行，到台北接受古典澆灌，肯定還包括創作者自身的體質與偏好吧，比如秀異的朗讀能力，比如對音樂性不易的偏愛，於是《明朗》首輯以「歌曲集」開場。像一張張遲到明信片，種種關乎西班牙的意象群組，最終收束在〈C'est la vie——在島上〉，它實線似借羅卡（Federico García Lorca，一八九八—一九三六）之口，重述戰爭傷痕遺緒；虛線則是一名被放逐的戀人，在誰能豁免的憂傷崩毀中，透過傾訴還原「我們曾經居住在其中的模型」。

關鍵字：歌謠。

不僅傾心西班牙浪人吟，也巧手剪接白居易樂府〈長恨歌〉為單篇詩題，寫成兩百行長詩。〈長恨歌〉主要鋪排唐玄宗與楊貴妃故事，並編織漢武帝與李夫人典故，吳岱穎纏綿演練的是漫長的告別：愛死了，愛的亡魂還追索著，儘管「那些都是昨天的音樂」，兩造藕斷絲連，像未癒合的傷口被反覆撕摘，直到心死，才能說出：「再一次／也只能是一的平方……」

詩集中，各色實驗嘗試，比如「肉體證據」一輯，不乏透過性／性別，角色的代言／扮演，探問存在本身可能觸碰的權力政治。我最感親切的終究是「在花蓮」一輯，只收七首詩，那些確鑿地名：荳蘭橋、南濱、七星潭、立霧溪口……對成長於花蓮的寫作者來說，該是可以承載更多私密的盤皿？我也著迷某些驚人想像，比如〈橋上〉將山巔喻為島的乳尖，將縱谷形容為島的乳溝，而那廣袤之海竟成為「悖德的子宮」（將孕育出怎樣的孽子呢）。篇名相仿的〈海岸步行〉、〈海岸自行〉，前者像告別的宣言／預言，後者是單車少年告白／獨白——同一片海，既允許每一片碎浪的出發，也包容每一趟記憶的潮返。

二

吳岱穎總為自己的詩集寫很長的（代）序。開場都是暗中。暗中醒來的人，離開小死，在睡與醒邊緣，思索琢磨。這些喋喋的說話，像迂迴的縫線，不直指詩集內容，線索極少（漱洗時想起連電影名稱都沒透漏的《藍宇》已是極大程度袒露），但將生存帶來的濁亂情狀，隱隱然的憂鬱疼痛，以非敘事方式留下痕跡。可能因為這樣，我常覺得《明朗》的潛台詞，更接近於「明暗」。

第二冊詩集《冬之光》（二〇一一）亦有長序，主題挑明：「生之艱難，惟愛與死。」這一次他醒得更早了，在現實的騷音鬧響前，還可以再睡一下（躲著什麼似的）。醒來後一樣點了菸，巷子裡鋪設地底涵管的工程進行中，遠眺金髮工人之際，好像也有一個我騰升起來，由一更高處觀看自己——儘管當下不斷裂解為難以捕捉全面的萬花，卻仍企圖以高於現實的詩，指點暗中光亮。

來到《群像》（二〇一九）同名序，敘事者甚至沒睡，不肯睡，睡不著，全然接受夜晚的勒索，把長夜想成長頁。不一定具備意義的可能性誘惑著，破碎無岸的念頭增生著，終於睡了。醒來如常穿戴身分、溶入眾生與環形廢墟，《冬之光》裡還持有的一點點孤獨彷彿融化了，《明朗》裡不住被攪拌的一點點虛無彷彿蒸發了，中年的頹廢是顏色斑駁的指認：「我是有道德高度的偽造者，我是缺少道德標準的眾生。」

年過四十的警醒是從「群像」中析出「我」。

那難以與世人彈同調的，便是詩人不願從眾的眼神吧。

三

詩作〈有隔〉：「再也沒有任何時刻如此刻——然而／有隔，在我們最赤裸最沒防備的時候」，誠實戳穿兩造無論怎樣愛膩親密，水乳交融不過是身而為人永難滅除的空想。此詩乃《明朗》壓軸，私以為這也是吳岱穎詩歌聲腔之確認，攜帶這個風格，信步來到《冬之光》二十封全糖去冰「小情書」，收信對象不一定是人，也許故鄉，也許寄信人自身，也許理想讀者，「語言柔軟可感」之外，還有著甜蜜的堅定。

只是，「愛是一種解離自我的認識狀態」，該怪他始終太清醒嗎，或者，愛就是生著一樣的病？當病不能同步，或一面看似完整的鏡子現出裂痕，就不難想像何以「有病」一輯會以〈回函：致拉撒若夫人〉為底牌，重複回應佛洛依德所說的死亡本能（Thanatos），「每天都會想到的那件事／今天又獨自來造訪我」。不同於普拉絲筆下冷靜瀕危、充滿魅惑聲音召喚得以復活的女拉撒若，屬於吳岱穎的，「疲倦到只想躺在自己的身體裡／等待死亡前來喚醒」，更像一次又一次薛西弗斯旅程。存在的意義，個體的掙扎，對他人的同情，投入詩中充做柴薪者，已不僅寫作者自身所歷，也涵括對前賢、犧牲者相互投遞問號的旋律，「表層的刮痕」底下，是一整座黑雨泥濘、藤蔓羈纏的迷宮。

最末一輯「發聲練習」，原為學生詩歌朗誦比賽而寫，卻（不）意外透露出詩人事事關心的面向：對消費時代的悲哀嘲諷，對民俗信仰所持態度，對戰爭形式的揣想與人生對照……前兩輯風格相對整齊，此輯隨肢體演出的需求，詩句有著變化豐富的白粉與黛墨。

四

吳岱穎傳道授業解惑逾二十年，形形色色男孩靠港又駛離，有緣者或許更像忘年的朋友，而有了第三冊詩集最親切的一輯「群像少年」：以詩為人物畫像，在那濃淡不同筆觸中，細膩的觀察，敘事的變奏，視角竟是「平」的。

「病識」一輯透露我如何被我背叛，當身體奪權，要說的是什麼？它可會與靈魂的困惑對仗？由是，當來到「苦路」與「譫妄」兩輯，脫去日常身分，內在之我真正反覆求索的，才俄然露出——生活已讀不回的，他向維根斯坦、波赫士尋求對話；對他來說，詩不僅是文字煉金，更是思想沒有盡頭的漫步。

因此，詩句中擲出的問號都那麼沉，許多長長的（加上逗號使之更長的）句子像不吐不快。或許也有人留意，吳岱穎特別愛寫夢：蟻夢、竹夢、石頭夢、人造衛星之夢……夢的意義（如果有），卻不是所謂美善的想望，或歡欣的建築，而更像對現實、價格、意義、文明、生命、此刻的質疑。〈造夢時代〉將我們一舉遣回了史前；〈夢中家屋〉則將他自己輕輕捏起，置進早已煙散的童年。

儘管沿途安排的典故頗有難度，或，單一首詩也有他提供自己做為享樂的限制，吳岱穎始終明白，正因「憂傷是長期的事業」，詩才會是觀看世界的洞燭。

《明朗》有個句子令我難忘：「最接近風景的是火焰」。暗中，詩人彷彿端坐於孤獨，擦亮火光，照見風景的一瞬——他起身，詩發生。

——原載於二〇二一年八月號《文訊》

麥田文學 320

造夢者

吳岱穎絕版詩作精裝復刻

作　　者　吳岱穎
責任編輯　張桓瑋

國際版權　吳玲緯
行　　銷　何維民　吳宇軒　陳欣岑　林欣平
業　　務　李再星　陳紫晴　陳美燕　葉晉源
副總編輯　林秀梅
編輯總監　劉麗真
總 經 理　陳逸瑛
發 行 人　涂玉雲

出　　版　麥田出版
104台北市民生東路二段141號5樓
電話：(886)2-2500-7696　傳真：(886)2-2500-1967
發　　行　英屬蓋曼群島商家庭傳媒股份有限公司城邦分公司
104台北市民生東路二段141號11樓
書虫客服服務專線：(886)2-2500-7718、2500-7719
24小時傳真服務：(886)2-2500-1990、2500-1991
服務時間：週一至週五09:30-12:00・13:30-17:00
郵撥帳號：19863813　戶名：書虫股份有限公司
讀者服務信箱E-mail：service@readingclub.com.tw
麥田部落格：http://ryefield.pixnet.net/blog
麥田出版Facebook：https://www.facebook.com/RyeField.Cite/

香港發行所　城邦（香港）出版集團有限公司
香港灣仔駱克道193號東超商業中心1樓
電話：(852) 2508-6231
傳真：(852) 2578-9337

馬新發行所　城邦（馬新）出版集團【Cite(M) Sdn. Bhd.】
41-3, Jalan Radin Anum, Bandar Baru Sri Petaling,
57000 Kuala Lumpur, Malaysia.
電話：(603)9056-3833
傳真：(603)9057-6622
E-mail：cite@cite.com.my

封面設計　莊謹銘
印　　刷　沐春行銷創意有限公司

初版一刷　2021年8月
定　　價　450元
I S B N　978-626-310-076-3
978-626-310-092-3(EPUB)

城邦讀書花園
www.cite.com.tw

國家圖書館出版品預行編目資料

造夢者：吳岱穎絕版詩作精裝復刻/吳岱穎著. -- 初版. -- 臺北市：麥田出版：英屬蓋曼群島商家庭傳媒股份有限公司城邦分公司發行, 2021.08
面；　公分. --（麥田文學；320）
ISBN 978-626-310-076-3（平裝）

863.51　　110011639